suhrkamp taschenbuch 4504

Der Romancier Christoph Hein, der unbestechliche Chronist der Gegenwart, wendet sich in diesem Erzählwerk den Mythen, den Göttern, den Erzählungen von den Taten und Untaten der Alten Welt zu. Dabei entdeckt er Hochspannendes: Kleine Korrekturen an den für unveränderlich geltenden Berichten über die Taten und Niederlagen der Götter und Titanen können deren Leistungen in ihr Gegenteil verkehren. Alles hätte auch ganz anders vonstattengehen können: Sieger würden zu Verlierern werden, gute Absichten sich in ihr Gegenteil verkehren, völlig neue Bedeutungen sich herauskristallisieren.

Die neuen Erzählungen von Christoph Hein zielen also auch ins Herz der Gegenwart: Der Gang der Ereignisse lässt sich durch kleine Modifikationen in völlig andere Richtungen lenken. Und auch die Vergangenheit, als Fixpunkt der Gegenwart, verändert durch diese Neuerzählungen ihr Gesicht.

Christoph Hein, geboren 1944 in Heinzendorf/Schlesien, aufgewachsen in Duben bei Leipzig, lebt als freier Schriftsteller in Berlin. Er wurde mit zahlreichen Preisen ausgezeichnet, zuletzt im Frühjahr 2013 mit dem Stefan-Heym-Preis.

Christoph Hein
Vor der Zeit

Korrekturen

Suhrkamp

Umschlagabbildung:
Kriegerkopf aus dem Ostgiebel des Aphaiatempels
zu Aigina, Glyptothek München, um 480 v. Chr.
(Arbeit an der Farbrekonstruktion)
Foto: Ulrike Koch-Brinkmann / Stiftung Archäologie

Erste Auflage 2014
suhrkamp taschenbuch 4504
Suhrkamp Verlag Berlin

Umschlag: Göllner, Michels
Druck und Bindung: Druckhaus Nomos, Sinzheim
Printed in Germany
ISBN 978-3-518-46504-2

Vor der Zeit

Das Paradies der Paradiese

Am 20. Dezember 1894 gegen neun Uhr morgens stand Frank Calvert auf dem Waffendeck einer kleinen rumänischen Militärfregatte und erblickte die ersehnte Insel. Als vor ihm der weiße Felsen von Leuke aus dem Meer stieg, er die überhängenden Klippen und die aufsteigenden Schwärme weißer Vögel sah, glaubte er den Gipfel seines Lebens und seiner Forschungen erreicht zu haben. In wenigen Minuten würde er Leuke betreten und bald darauf einer erstaunenden Welt mitteilen können, er habe jenen Ort gefunden, der schöner und glücklicher sei als das gepriesene Elysium.

Er wandte sich an die zwei Offiziere, die neben ihm standen. Er fragte sie, ob dies Serpilor sei, Insula Serpilor, die Schlangeninsel. Die beiden, die bislang kein Wort mit ihm gewechselt hatten, bestätigten es mit einem knappen Nicken des Kopfes.

Frank Calvert hatte wenige Monate zuvor seinen sechsundsechzigsten Geburtstag in Washington gefeiert, wo er als britischer Konsul residierte. Sein Leben lang waren er und seine Brüder Frederick und James neben ihren geschäftlichen Tätigkeiten im diplomatischen Dienst, doch ebenso lange hatte Frank Calvert als Archäologe gearbeitet, als Amateurarchäologe, wie seine Brüder anzumerken beliebten. Seit seinem vierzehnten Lebensjahr war er davon überzeugt, dass die Bücher des Homer keine Dichtungen seien, sondern zwar ausgeschmückte, doch wahrheitsgemäße Berichte über die hellenische Frühzeit. Troja, so seine unumstößliche Ansicht, hat existiert und folglich müssen Reste der umkämpften, sagenhaften Stadt und ihrer Mauer aufzufinden sein.

Er war neunzehn Jahre alt, als er seinen Bruder Frederick überreden konnte, ein Gut bei Akca Köy zu erwerben, das Teile des Hügels Hisarlik einschloss, unter dem er die sagenhafte Stadt Troja vermutete. Aufmerksam verfolgte er die Bemühungen der anderen Amateurarchäologen bei ihrer Suche nach Troja und korrespondierte mit ihnen, mit Robert Wood und Jean Baptiste LeChevalier, mit Graf Choiseul-Gouffier und Charles Maclaren. Er bemühte sich vergeblich, den gesamten Hügel von der türkischen Regierung zu erwerben, und machte auf dem Besitz der Familie erste Probegrabungen. Das British Museum bat er, ihn dabei finanziell zu unterstützen, was man ihm, dem Dilettanten, jedoch abschlug.

Er war vierzig Jahre alt, als er in der Troas einen Deutschen namens Schliemann traf. Heinrich Schliemann war ein Kaufmann, der in St. Petersburg und in Sacramento im Goldhandel tätig war, mit Kolonialwaren und Munitionsrohstoffen sein

Geld verdient hatte und zum vielfachen Millionär geworden war. Er interessierte sich ebenfalls für das antike Troja, war nach Ithaka und Korfu gereist und hatte auch in der Troas graben lassen. Da seine fünf Arbeiter nach einer Woche keinerlei Funde vorweisen konnten, brach er die Grabungen ab und wollte nach Europa zurückkehren. Seinem Bericht zufolge hatte er das Schiff verpasst und zufällig Frank Calvert getroffen, mit dem ihn eine gemeinsame Leidenschaft verband. Die Gespräche mit dem vom antiken Troja begeisterten Calvert erregten die Fantasie des Deutschen. Er entschloss sich, nicht abzureisen, sondern von der türkischen Regierung die Lizenz für Grabungen in jenem Teil des Hisarlikhügels zu erwerben, der nicht Calvert gehörte.

Schliemann begann umgehend mit der Arbeit. Er forderte weitere Hilfskräfte an, und das Glück begünstigte ihn. Er konnte das Skäische Stadttor von Troja ausheben lassen, den Triglyphenfries des Athenatempels und die breite Straße zum Königspalast. Er grub eine umfangreiche Sammlung von Artefakten aus und schließlich auch den Schatz des Priamos.

Schliemann galt seitdem als Wiederentdecker Trojas und wurde weltweit hoch geehrt. An Calverts Verdienste und Forschungen, ohne die seine Ausgrabungen undenkbar waren, erinnerte der Deutsche nur mit zwei schmallippigen Fußnoten.

Calvert verweifelte. Er gab seine Forschungen vorübergehend auf und wurde britischer Konsul und Botschafter in Nordamerika. Er fühlte sich von dem Deutschen um sein Lebenswerk betrogen.

Die alte Leidenschaft für die Archäologie war jedoch nicht für immer erloschen. Vier Jahre nach dem Tod von Schliemann machte sich Calvert daran, die mythische Insel Leuke zu entdecken, von der die Autoren der Antike berichten, sie sei noch schöner als die Elysischen Gefilde und die Glücklichen Inseln, sie sei voll wilder und zahmer Tiere und die Götter selbst und die Heroen wandeln des Nachts durch Leukes Wälder und erinnern sich der ruhmreichen Kämpfe, wobei sie die Gesänge des Homer zitieren.

Calvert war überzeugt, dass Leuke eine irdische Insel ist, zu genau waren die Beschreibungen der Landschaft, die Angaben zur Größe und zum Klima. Er studierte die alten Texte, entzifferte Pergamente und Buchrollen und schließlich glaubte er, die Insel entdeckt zu haben. Das kleine Eiland, 600 Meter im Durchmesser, gehörte mittlerweile zu Rumänien, lag zwölf Meilen vor der Küste und bestand nur aus einem weißen Felsen.

Er brach nach Rumänien auf, um Leuke zu sehen, die die Rumänen Insula Serpilor nennen, die Schlangeninsel. In Bukarest erfuhr er, dass kein Mensch die Insel betreten dürfe, da sie militärischer Sperrbezirk sei, und aus diesem Grund gab es auch keine Bilder und Karten von ihr. Ein ganzes Jahr hindurch bemühte er sich, eine Erlaubnis zu bekommen, die Insel zu betreten. Er reiste wiederholt nach Bukarest, nutzte die Sonderrechte, die ihm sein diplomatischer Status einräumte, um mit dem Großsekretär des rumänischen Königs zu sprechen, verhandelte mit vier Ministern und zahlte mehr als fünftausend Dollar an Bestechungsgeldern, damit man ihm Zutritt zur Schlangeninsel gewährt.

Belehrt von den bitteren Erfahrungen mit dem Deutschen Schliemann sprach er nicht über die von ihm vermutete Entdeckung und erwähnte niemals den Namen Leuke, vielmehr schützte er ein historisches Interesse vor, da diese Insel einst zur Walachei gehörte und in einer späteren Zeit zur Hohen Pforte in Istanbul.

In Bukarest lernte er einen Professor kennen, Vladimir Carol Karpati, der als Einziger in Bukarest den alten Namen Leuke in den Mund nahm, als er ihm von seinem geplanten Besuch der Schlangeninsel erzählte. Dieser alte Mann wusste, dass es das alte Paradies sein soll, dass nächtens die Götter auf Leuke weilen und Achill dort begraben liege.

Die Verständigung mit Professor Karpati, einem etwas skurrilen älteren Herrn, der in einem einzigen mit Büchern vollgestopften Zimmer hauste, war schwierig, da er zwar elf Sprachen perfekt beherrschte, von Aramäisch bis Kuschitisch, aber die geläufigen Verkehrssprachen verachtete, so dass sich die beiden in Latein oder Altgriechisch verständigen mussten.

Karpati war nie auf Leuke. Scheu habe ihn davor zurückgehalten, sagte er.

»Heilige Scheu?«, fragte Calvert. Er glaubte ihn zu verstehen und nickte. Er wusste aus den alten Manuskripten, dass die Sterblichen die Insel nicht betreten sollten und keinesfalls über Nacht auf ihr bleiben dürfen, da sie den Göttern gehört.

Der Professor verneinte heftig: »Nein, ängstliche Scheu. Wer auf Leuke lebt, wird seines Lebens nicht mehr froh, sagt man bei uns.«

»Die Sterblichen, ja«, stimmte Calvert ihm zu, »doch nicht die Götter.«

Der Professor lachte heftig, als Calvert das sagte, und nickte zustimmend. Über das moderne Leuke, die Schlangeninsel, konnte oder wollte er nichts erzählen, er sprach mit Calvert nur über das antike Leuke, das mythische Paradies.

Nach sechzehn Monaten erhielt Calvert die Genehmigung, die Schlangeninsel für acht Stunden zu betreten. Es gab Auflagen für die Reise. Er sollte mit einem Boot der Armee zur Insel gebracht werden und hatte eine ständige Begleitung zu akzeptieren. Er hatte sich an vorgegebene Routen bei dem Spaziergang über die Insel zu halten und durfte keinen der neuerdings beliebten Apparate mit sich führen, um Daguerreotypien oder Fotografien herzustellen. Die gesamten Kosten der Expedition hatte er aufzubringen. Calvert erklärte sich mit allen Bedingungen einverstanden.

Am Morgen des 20. Dezembers 1894 fand er sich an dem ihm genannten Metalltor des Marinestützpunkts ein. Zwei Offiziere begrüßten ihn schweigend und führten ihn zu der Fregatte, die ihn zur Schlangeninsel bringen sollte. Auf der ganzen Fahrt wechselten sie kein Wort mit ihm, ließen ihn nicht für einen Moment aus den Augen, und Calvert hatte den Eindruck, dass sie auch einander misstrauisch beobachteten.

Da die Schlangeninsel keine Hafenanlage besaß, musste er mit den beiden Offizieren in ein mitgeführtes kleines Boot umsteigen, das die drei Männer an Land brachte. An einem behelfsmäßigen Landeplatz wurden sie von einem weiteren Offizier erwartet, der sie in Begleitung zweier bewaffneter Soldaten mit militärischen Ehren empfing. Calvert reichte ihm die Hand, doch der Offizier übersah sie, trat mit den begleitenden Offizieren beiseite und sprach mit ihnen. Offenbar unterhielten sie sich über den Engländer, sie lachten viel und sahen sich gelegentlich höhnisch nach ihm um.

Mit den drei Offizieren und den beiden Bewaffneten umrundete Calvert zu Fuß die gesamte Insel, was weniger als eine Stunde beanspruchte, und querte sie dann auf den zwei ihm vorgegebenen Wegen.

Die Insel war ein einziger Felsen, so wie es die alten Textrollen berichteten. Auch entsprachen die Lage der Insel und ihre Ausmaße den antiken Angaben. Calvert konnte selbst die erwähnten bizarren Höhlungen über dem südlichen Strand entdecken, jedoch sah er auf der gesamten Insel keinen Baum und keinen Strauch. Die Vegetation war spärlich, der Boden hart, und nichts deutete auf dichte, lauschige Wälder und einladende, fruchtbare Auen, in denen die Götter wandeln, wie die antiken Quellen berichten. Auf den Steinen wuchs keine Frucht und keine einzige Blume, im Überfluss gab es nur Schlangen, die von den beiden Soldaten verscheucht wurden, indem sie mit Holzstöcken unentwegt auf die Felsbrocken schlugen. Nirgends erblickte Calvert eine Quelle, auch keinen Brunnen, doch konnte er im südlichen Teil ein Steinhaus und mehrere hölzerne Baracken erkennen, die mit Stacheldraht eingezäunt waren. Auf der gegenüberliegenden Seite waren Arbeiter in einem Steinbruch tätig, bewacht von Uniformierten. Auf den beiden vorgeschriebenen Routen konnte er sich weder den Unterkünften noch dem Steinbruch nähern, und die Offiziere erlaubten ihm nicht, den Weg zu verlassen, noch wollten sie ihm Auskunft über die Bewohner geben. Alte Grabanlagen entdeckte er nicht. Für die letzte Ruhestätte

Achills, der auf Leuke begraben sein soll, fand er keinerlei Anzeichen.

Bereits nach zwei Stunden brach er den Besuch ab und ließ sich von der Fregatte aufs Festland bringen. Er war nach wie vor überzeugt, dass diese Insel das mythische Leuke sei, aber von dem Paradies war nichts erhalten, und er würde nichts auf ihr finden, kein Grab und keinen antiken Schatz, um die Welt von seinem Fund zu überzeugen.

Die Rückreise verlief ebenso schweigend wie die Fahrt zur Insel. Er wusste nicht, ob die beiden Offiziere kein Wort mit ihm wechselten, weil sie seiner Sprachen nicht mächtig waren oder weil ihnen verboten war, mit ihm zu sprechen.

Als er Bukarest verließ, verabschiedete er sich von Professor Karpati. Er erzählte ihm von seinem Besuch auf Leuke, dieser trostlosen, unwirtlichen, von den Göttern verlassenen Insel. Der Professor lachte und nickte.

»Du hast mich nicht verstehen wollen«, sagte er, »auf Leuke leben Banditen.«

Er benutzte das Wort nefarius, womit einst ruchlose, gotteslästerliche Verbrecher bezeichnet wurden.

»Leuke ist heute ein Gefangenenlager«, erzählte ihm der alte Professor, »eine Strafkolonie. Keiner der dort Lebenden wird diese Insel je wieder verlassen. Das vermögen allein die neuen Götter. Doch Unheil droht noch immer den Sterblichen, die Leuke aufsuchen oder von ihr sprechen. Du konntest und wolltest mich zuvor nicht verstehen. Mögen dir das Schicksal und die Götter gnädig sein.«

Er kicherte und fügte hinzu: »Vielleicht solltest du vorsorglich einen Hammel opfern, um die Götter zu besänftigen.«

»Ich habe geopfert«, erwiderte Calvert, »ich habe reichlich gegeben. Mehr als eine Hammelherde hatte ich zu bezahlen.«

Der Professor lachte vergnügt auf: »Ja, die neuen Götter sind nicht weniger gierig als die olympischen.«

Vierzehn Jahre später starb Frank Calvert. In der Welt und der Welt der Wissenschaft blieb sein Name sprachlos. Nur Anmerkungen des namhaften Feldarchäologen Schliemann erinnern noch an ihn.

Seiner testamentarischen Verfügung, wonach er auf der Schlangeninsel Leuke beigesetzt werden solle, konnte nicht nachgekommen werden.

Das goldene Vlies

Phrixos war noch ein Kind und keine vierzehn Jahre alt, doch alle, die ihn sahen, glaubten einen menschgewordenen Gott zu sehen, so vollkommen erschien er einem jeden. Er war größer als die Kinder in seinem Alter, und seine Glieder waren ebenmäßig, kräftig und gut trainiert. Der Kopf schien von einem Bildhauer der Tempelschule modelliert zu sein, derart gleichmäßig ausgebildet waren alle Züge. Die Stirn war hoch und wirkte männlich, die Nase erinnerte einen jeden an die Statue des jugendlichen Zeus in Phokis, und ebenso wohlgeformt waren die Wangenknochen, das Kinn und die Lippen. Gekräuseltes schwarzes Haar umrahmte und krönte das Haupt, und da es lang und ungeschnitten war, verlieh es dem schönen Gesicht einen Anhauch von nachlässiger, ungebändigter Eleganz. Die Brust war muskulös, die Hüfte schmal, und die Haut besaß einen so bronzenen Ton, dass man vermeinte, einen Flaum darauf wahrzunehmen. Wie bei einem kleinen Kind streckte ein jeder unwillkürlich die Hand aus, um diese Haut zu streicheln. Wenn er durch Megara lief oder mit seinen Freunden am Ufer des Korinthischen Meeres spielte, waren seine Bewegungen geschmeidig und von spielerischer Vollkommenheit, denn sein Blut kannte noch nicht den Stachel der Lust und wusste nichts von der verzehrenden Gier, die eines Tages auch seine Ruhe zerstören würde.

Die Maler und Bildhauer in Megara und ganz Megaris schienen in einem Wettstreit miteinander zu liegen, den Königssohn darzustellen, derart viele Bilder und Statuen gab es von Phrixos. Der Knabe wurde stehend abgebildet und laufend, im sportlichen Kampf und beim Baden, mit Tieren und Blumen wurde er gemalt, und auch vom Schlafenden gab es einen Marmorstein. Über Megaris hinaus wurde eine Plastik bekannt und berühmt, die Phrixos nachbildete, wie er sich einen Dorn aus dem Fuß zog.

Der Knabe bezauberte einen jeden. Die Männer, die Phrixos sahen, hielten unwillkürlich inne, schauten ihm hinterher und lächelten. Die Frauen blickten ihm lange nach, aber in ihrem Lächeln glitzerte der Schimmer eines verzehrenden Fiebers, und die Brüste und die Scham schmerzten, als habe ein heißer Hauch des erosgebärenden Westwindes diese berührt oder als seien sie von der zweiflügligen Plage der Hera gestochen worden. Selbst Nephele, seine Mutter, konnte ihn nicht ansehen, ohne dass sie ein ihr unerklärliches Zittern befiel und sie in ihrem Blut ein Rauschen verspürte, das nicht von Sohnesliebe zu ihr sprach und das im

Schlaf sie mit Träumen verfolgte, die sie beim Erwachen erschreckten.

Phrixos aber nahm sämtliche Freundlichkeiten mit der Unschuld und Selbstverständlichkeit eines Kindes hin, was alle noch mehr entzückte und für ihn einnahm.

Seine Tante Biadike, die Frau des Kretheus, in deren Haus Phrixos häufig zu Gast war und mit deren Kindern er spielte, war wie jede Frau in Megaris von seinem Anblick betört und konnte die Augen nicht von dem Jüngling wenden, der noch immer ein Kind war. Als er eines Tags, da ein lang anhaltendes Gewitter ihm den Heimweg verwehrte, in ihrem Haus übernachtete, stand sie, mitten in der Nacht von einem Blitz geweckt und schlaftrunken, halb im Traum, von ihrem Bett auf und lief in das Zimmer, in dem der Jüngling schlief, zog sich ihr Nachthemd aus, legte sich neben Phrixos, entkleidete ihn und begann, das Kind gierig zu streicheln und zu küssen. Phrixos fuhr aus dem Schlaf hoch, schrie auf und schlug in der Dunkelheit um sich, da ihm die Zärtlichkeiten der Frauen noch unvertraut und lästig waren. Biadike, durch sein Geschrei erst vollständig geweckt, denn sie war schlaftrunken zu ihm gegangen, sah sich entblößt neben dem nackten Phrixos liegen. Nun schrie auch sie, rannte, mit einem Hemd notdürftig ihre Brüste und ihr Geschlecht bedeckend, durch das Haus, weckte mit wildem Wehklagen ihren Mann, die beiden Dienerinnen und ihre Kinder und beschuldigte Phrixos der versuchten Vergewaltigung. Kretheus ließ den jungen Phrixos von den Knechten fesseln und im Stall anbinden, wo er bis zum Morgen im Kot der Schafe und Ziegen lag.

Als der neue Tag angebrochen war, ging Kretheus zu König Athamas und Nephele, den Eltern von Phrixos, und berichtete ihnen, was in seinem Haus vorgefallen war, oder vielmehr das, was ihm seine Frau erzählt hatte. Noch am selben Vormittag kam das Gericht der großen Familien von Megaris zusammen, und das, was Phrixos zuvor ausgezeichnet und vor allen herausgehoben hatte, seine Schönheit und seine Unschuld, verurteilte ihn nun zum Tod, denn nicht einer zweifelte an dem Vergehen des Königssohns. Man sah die weinende und klagende Biadike, die umso überzeugender ihre Anklage vorbrachte, da sie von ihrem schlaftrunkenen Tun wenig wusste. Phrixos dagegen, der sich nicht zu verteidigen verstand, da ihm das nächtliche Geschehen so unklar war wie die ihm zur Last gelegte Tat, bejahte die entscheidende Frage, ob er seine Tante liebe, einfältig und heftig.

Die Augen aller im Ratssaal Sitzenden waren beständig auf Phrixos gerichtet, und obwohl dieser auf dem schmählichen und niedrigen Sitz des Angeklagten hocken musste, verspürte ein jeder die erotische Gewalt, die von ihm ausstrahlte, und keiner zweifelte daher an dem ihm unterstellten Vergehen. Schließlich wussten selbst König Athamas und Nephele nichts mehr zu seinen Gunsten vorzubringen und mussten schweigend und schmerzerfüllt seine Verurteilung hinnehmen.

Sein Vater ging in der folgenden Nacht mit einem Knecht in das verschlossene Gewölbe, in dem Phrixos gefangen gehalten wurde, löste ihm die Fessel, sagte sich für immer von ihm los und hieß ihn zu fliehen. Er glaubte nicht an dessen Unschuld, wollte aber seinem Haus und seiner Herrschaft die Schande einer öffentlichen Hinrichtung des Sohnes eines Königs ersparen.

Phrixos, der weder die Gerichtsverhandlung und das Urteil noch den Hass seiner Eltern, Verwandten und Freunde verstand, rannte, ohne zu fragen und innezuhalten, aus der Stadt, er rannte Tag und Nacht, denn er hatte begriffen, dass er um sein Leben lief.

Nach einer Woche kam er, erschöpft und abgezehrt, an die Quellen des Kephisos bei Phokis und traf dort auf zwei Männer, die in einer Felsenhöhle lebten. Es waren Bauern, die ihre Gehöfte durch Missernten verloren hatten und nun hofften, durch das Gold im Kephisos, von dem ihnen Reisende erzählt hatten, wieder zu Geld, Ansehen und Besitz zu gelangen. Als Phrixos plötzlich bei ihnen erschien, fürchteten sie, er hätte gesehen, wie sie nach Gold suchten, oder andere, denen er auf seiner Reise von den Männern an der Quelle erzählte, könnten sich zusammenreimen, welches Geschäft sie am Wasser des goldhaltigen Kephisos betrieben. Das gesamte Gold des Landes nämlich, selbst das noch nicht geschürfte oder herausgewaschene, gehörte allein dem König von Böotien und Megara, Athamas. Ohne Genehmigung nach dem Gold zu suchen, wurde als schwerer Diebstahl angesehen und bestraft, und so entschlossen sich die beiden Männer, den Knaben umzubringen, um der Gefahr zu entgehen, selbst hingerichtet zu werden.

Phrixos, der sich bei den Männern in Sicherheit wähnte, gewann seine Unbekümmertheit wieder, ging den beiden Goldwäschern freudestrahlend zur Hand und bereitete ihnen das kärgliche Abendbrot mit Geschick und freundlichem Geplauder, so dass er die Herzen der zwei Bauern, die mit gezogenem Messer hinter ihm standen, bereits am ersten Tag für sich gewann und nichtsahnend sein erneutes Todesurteil abwenden konnte. Und da er nichts von seinem ihm unbegreiflichen Schicksal und der Verurteilung erzählte und ihnen auch verschwieg, dass er der Sohn von Athamas sei, vielmehr behauptete, ein reisender Schüler des Miletos zu sein, rettete er zum anderen Mal sein Leben, denn einen Sohn des Mannes, den sie bestahlen, hätten die beiden Goldwäscher keinesfalls am Leben gelassen.

Die beiden Bauern entschieden, den gefälligen und gut aussehenden Jungen bei sich zu behalten, wenn er nur willig wäre und ihnen als Frau dienen würde. Phrixos hatte sich tagsüber um die fünf Schafe und zwei Ziegen zu kümmern, sie auf die Weide zu treiben und zu melken, aus ihrer Milch Käse zu bereiten, Brotfladen zu backen, Früchte zu sammeln und zu trocknen und die Fliegen von den Trögen mit dem gärenden Traubensaft zu scheuchen. In der Nacht hatte er sich auf die Schlaffelle der Männer zu legen, die ihn, da er noch kein Mann war, als Ersatz für eine Frau benutzten. In den ersten Nächten sträubte sich Phrixos und wehrte sich, doch die Männer schlugen ihn bestialisch und missbrauchten danach den fast Bewusstlosen. Der Junge ergab sich seinem Schicksal schließlich, da er sich nicht zu helfen wusste, denn in seiner Heimatstadt war er von allen anderen und selbst den eigenen Eltern zum Tode verurteilt, und so erduldete er lautlos weinend den stinkenden Atem und die ihm aufgedrängten Geschlechtsteile, die bei beiden Bauern faulig waren und grindig.

Ein halbes Jahr lebte Phrixos mit den Goldwäschern. Einmal, er war auf der Suche nach Beeren und Pilzen, kam er unvermutet an die vor ihm geheim gehaltene Stelle, wo die beiden zwischen steil aufsteigenden Felswänden nach Gold suchten. Er kauerte sich in die Büsche und sah ihnen bei der Arbeit zu. Die Bauern hatten die abgezogenen Felle von sechs Schafen in das Bett des Bachs gelegt und mit Steinen beschwert, damit das wirbelnde Wasser über die Vliese fließe und die mitgeführten Goldkörnchen in den Locken der Felle hängenblieben. Die zwei Männer liefen unentwegt von einem Fell zum anderen, starrten minutenlang darauf und gingen dann zum nächsten. Von Zeit zu Zeit nahmen sie vorsichtig die Felle aus dem Wasser, und sorgsam suchten sie Locke für Locke nach Gold ab. In den zwei Stunden, die Phrixos sie belauschte, schienen sie nicht ein einziges Goldkorn gefunden zu haben. Lautlos machte er sich auf den Heimweg, er wollte nicht an ihrer Goldstelle von ihnen überrascht werden, denn er ahnte, dass sie ihn schlagen oder gar töten würden.

Im Herbst, als sich die Blätter bereits verfärbt hatten, wurde Phrixos von einem lang anhaltenden Donner erschreckt. Er war mit der Zubereitung der Milch beschäftigt und glaubte, ein Gewitter würde aufziehen, doch der Himmel war sonnig und klar, und da der Donner nicht aufzuhören schien und die Erde zu beben begann, verkroch er sich in der Höhle. Nach einigen Minuten wurde es wieder ruhig. Phrixos sah nach den Schafen und Ziegen, dann ging er in die Richtung, aus der der Donner gekommen zu sein schien. Er lief, bis er wieder an jene geheim gehaltene Stelle des Baches gelangte, an dem er die beiden Bauern bei der Goldsuche entdeckt hatte. Schon von weitem sah er, dass die Felswände eingestürzt waren. Vorsichtig kroch er über die verbliebenen Reste des Felsens und schaute in den Abgrund.

Die beiden Männer lagen neben dem Bach, sie schienen tot oder verletzt zu sein. Im ersten Moment wollte er hinunterklettern, doch da er fürchtete, bestraft zu werden, blieb er regungslos in seinem Versteck und sah zu ihnen. Einer der beiden bewegte sich schließlich, kroch auf allen vieren zu dem anderen, stieß ihn an und fasste nach dessen Gesicht. Langsam und vorsichtig erhob er sich dann und tastete seine Knochen ab. Er war blutverschmiert und schleppte sich hinkend zum Bach, um seine Hände und das Gesicht zu waschen. Danach humpelte er zu den im Bach ausgelegten Fellen, räumte keuchend das Geröll, das darauf lag, beiseite und hob sie vorsichtig aus dem Wasser. Als er aber zum vierten Schafvlies kam, hörte Phrixos, wie der Bauer laut aufschrie, doch war es kein Schrei des Schmerzes. Obwohl kein Sonnenstrahl in den Grund der Schlucht fiel, sah er, wie das von dem Bauern aus dem Wasser gehobene Fell aufleuchtete. Es schien, als sei es mit Goldkörnern übersät. Der Bauer sah sich misstrauisch um. Sorgsam legte er das goldhaltige Vlies zusammen, versteckte es im Felsen und schleppte dann die Leiche seines toten Gefährten zu einer Felsspalte, wo er sie hineinwarf und mit Steinen bedeckte. Phrixos machte sich vorsichtig auf den Heimweg.

Als der Bauer, hinkend und blutverkrustet, zum Abendbrot erschien, erzählte er dem Jungen, dass es einen Steinschlag gegeben habe und sein Kamerad von Felsbrocken erschlagen worden sei. Er schien darüber jedoch nicht traurig zu sein, sondern lachte fortwährend und kicherte einfältig vor sich hin. Auch wollte er nichts essen und verlangte stattdessen von Phrixos, ihm seinen Becher immer wieder mit dem selbstgebrauten Wein, der noch in der Gärung war, zu füllen. Als er berauscht eingeschlafen war, nahm Phrixos einen großen Felsstein und zerschmetterte ihm damit den Schädel.

Am nächsten Morgen schlachtete er eins der Schafe, wickelte das noch blutige Fleisch in die bronzefarbenen Weinblätter des wildwachsenden Pupurea und füllte damit seinen Rucksack. Die anderen Schafe und die zwei Ziegen pflockte er los und scheuchte sie auf die Bergwiesen. Er packte das wenige zusammen, was er von den Habseligkeiten der Bauern mitnehmen wollte, dann ging er zum Bach und holte das versteckte Fell hervor. In den Locken des Schaffells hatten sich tatsächlich Tausende von Goldkörnern verfangen, die meisten so klein wie Sommermücken, aber es waren auch Körner von der Größe des Mondkäfers darunter, und das Vlies leuchtete golden. Sorgsam legte er es zusammen, rollte es in ein mitgebrachtes Tuch und steckte es in seine Tasche. Dann machte er sich auf den Weg.

Bedroht von dem Todesurteil des Königs, seines Vaters, und der Bürger seiner Heimatstadt wanderte er wochenlang, und erst als er Kolchis erreichte, wagte er es, sich menschlichen Behausungen zu nähern. Da er ein Flüchtling war, drohte der Herrscher von Kolchis, ihn zu verjagen wie jeden Landlosen, doch Phrixos war müde der Wanderschaft und Flucht. Auch hatte sein Schicksal ihm die Unschuld genommen und die List gelehrt, und so sagte er, Zeus selbst habe ihn nach Kolchis gesandt. Er öffnete seine Tasche und übergab Aiëtes, dem König von Kolchis, das Vlies als ein Geschenk des Zeus. Und wenn auch seinen Worten niemand Glauben schenken wollte, das Vlies, das in der Sonne meilenweit golden aufleuchtete, überzeugte den König von Kolchis und einen jeden. Man gab dem vorgeblichen Boten des Zeus eine Wohnung, Phrixos heiratete eine Tochter des Landes, und Aiëtes dankte den Göttern, denn er glaubte, mit dem goldenen Vlies von Zeus selbst gesegnet und auserwählt zu sein.

Mit der Ankunft von Phrixos und dem goldenen Vlies gingen die goldenen Tage von Kolchis zu Ende.

Die fünfunddreißig Helden der Argo kamen bereits ein Jahr nach der Ankunft von Phrixos, um das kostbare Vlies zu rauben, und sie erschlugen den König von Kolchis und mehr als fünfhundert Kolchier, nicht gerechnet der Tod von achtzehn Helden und die Vernichtung von zwei Landheeren und siebenundzwanzig Segel- und Ruderschiffen, die ihren Weg kreuzten, und die hundert erschlagenen Bauern, auf deren Höfen sie sich unterwegs Brot, frisches Fleisch, Wein und Wasser für die Reise beschafften.

Die Argonauten, die erfolgreichen Räuber, gingen später einer nach dem anderen elend zugrunde, und nach ihnen starben, um das goldene Vlies zu verteidigen oder zu rauben, fünf Halbgötter, einundzwanzig Giganten, zwölf Könige, sieben Königinnen, eintausendvierhundert Helden, siebenundzwanzig adlige Damen und fünf hochgeborene Säuglinge. Vergewaltigt wurden neunhundertsiebenundvierzig edle Frauen verschiedenen Alters, dreiunddreißig von ihnen verfielen in Wahnsinn. An gemeinen Kriegsleuten, Bauern, Weibern und Gehilfen seien zweihunderttausend erschlagen worden oder auch fünfhunderttausend, aber dies ist nur die Schätzung eines königlichen Chronisten, denn ihre Zahl wurde nie gezählt.

Windsbräute und Wasserweiber

Am Anfang war das Chaos und das Nichts.

Und Eurynome, die Göttin aller Dinge, kam aus dem Chaos und schuf mit Hilfe der Winde und der Wellen, der Meere und Ozeane den Himmel und die Erde, die Blumen und die Bäume, den Leoparden und das Tagpfauenauge. Und die Große Göttin formte beschließend die Frau, auf dass diese die Schöpfung bewahre, und sie machte die Frau fruchtbar, denn da dem Leben der Tod folgt, sollte dem Tod auch das Leben folgen. Und sie erschuf den Mann, dass die Frau einen Gefährten habe und sich vergnügen könne.

Eurynome, die Große Göttin, betrachtete ihr Werk, und sie war es zufrieden, denn die von ihr geschaffene Welt war im Gleichgewicht, und niemand herrschte und keiner war untertan. Die Frauen bearbeiteten den Acker, zähmten Tiere, deren Milch sie tranken und aus deren Fell sie Kleider webten, und führten den Haushalt. Sie brachten die Kinder zur Welt, Mädchen und Knaben, und gemeinsam und unter der Aufsicht aller Frauen wuchsen die Kinder heran und wurden von ihnen unterrichtet, wie sie mit Pflanzen und Tieren umzugehen haben, um das natürliche Wachstum und die Ausgewogenheit der Schöpfung nicht zu stören. Und jeder Mann und jedes Tier achtete die Frauen.

Waren die kleinen Mädchen zu Frauen herangewachsen, wählten sie sich einen der jungen Männer aus und erlaubten ihm, das Nachtlager mit ihnen zu teilen. Sie genossen es, von dem Ausgewählten wie eine Göttin angebetet zu werden, und kicherten vor Vergnügen, weil der junge Mann vor Begeisterung fast ohnmächtig wurde, wenn er ihre Körper berühren durfte, und in Entzücken geriet über ihre Haut und ihr Haar, wenn er jede ihrer Rundungen und jedes Körperteil mit Küssen bedeckte und sein erregtes Glied an sie presste und es in sie zu stecken suchte. Keine andere Aufgabe hatten die Männer in der Zeit der Großen Göttin, und sie waren es zufrieden und die Frauen gleichfalls.

Wenn aber die Zeit gekommen war, dass die jungen Frauen ihren Teil dazu beizutragen hatten, die Schöpfung zu erhalten, ließen sie sich nach dem Gebot der Großen Göttin und dem Gesetz der Natur von den Wogen des Meeres oder einem der vier Winde schwängern.

Die Bräute der Wogen stürzten in das tobende Wasser. Die Brüste und den Bauch gegen die anstürmenden Wellen gereckt, öffneten sie sich weit und gierig dem Element. Sie ließen die Fluten gegen sich anrennen, über ihren Körper fließen und schrien vor Vergnügen wild auf, wenn das Meer sie mit sich fortriss, sie aufsog, ihren Körper unter das Wasser zog, um in ihn einzudringen. Die schüchternen Mädchen setzten sich an den Rand des Ozeans, schöpften mit den Händen das Wasser, ließen es in kleinen Wogen über ihren Schoß gleiten und nahmen es auf. Sie genossen das weiche, warme und liebliche Wasser, das behutsam Bauch und Scham streichelte, bevor es den Zugang zwischen den Schenkeln fand und in die geheime Öffnung ihres Leibes floss und mit ihr das Kind zeugte.

Die Windsbräute liefen auf die Wiesen hinaus und die Berge hoch, rissen sich die Kleider vom Leib, reckten den Hintern empor und jauchzten, wenn ihnen der Wind die Schenkel koste und in die Öffnung ihres Leibes fuhr. Süß und mild war der Südwind, zärtlich und flüsternd der Westwind, aber die beiden anderen Winde, der aus dem Osten und der aus dem Norden, waren zupackend und grob, schneidend scharf und gewalttätig. Die Kinder dieser beiden Winde galten seit jeher als besonders kräftig und widerstandsfähig, und jede Windsbraut, die nicht zu furchtsam war, streckte ihr Hinterteil einem dieser beiden Winde entgegen und genoss die Kraft und den wilden Sturm des Windes, der sie umriss und schwängerte und scheinbar nicht mehr von ihr ablassen konnte.

Und die Mädchen erzählten einander davon

und genossen es, darüber zu berichten, und sie schmückten ihre Erzählungen aus, so dass diese immer wilder und bunter wurden und die noch nicht geschwängerten jungen Frauen begierig und bereit machten.

Das Leben unter der Großen Göttin war kräftigend und erfrischend, und jeder Tag brachte neue Arbeit und neue Freuden. Sie hatten mit den jungen Männern ihren Spaß, der ihnen immer aufs Neue gefiel, da diese Spiele und die Erregung der jungen Männer sie ein klein wenig an das orgiastische Ereignis mit dem Wind und den Wogen erinnerte und an den unvergesslichen Moment der Schwängerung.

Wurden die Männer alt und weniger vergnüglich, scheuchten die Frauen sie vor die Tür und wählten sich einen neuen, einen jüngeren. Die entlassenen Männer saßen dann untätig vor den Hütten, sprachen miteinander über die unwiederbringliche Zeit ihrer Jugend und warteten begierig darauf, dass man ihnen etwas zu essen reichte.

Mit den Jahren wurden die Frauen übermütig. Sie wollten nicht länger die nutzlosen alten Männer um sich sehen, die ihnen die Jugend und die Fruchtbarkeit und den Spaß neideten. Sie waren ihrer Klagen und des grämlichen freudlosen Anblicks der Alten überdrüssig, und so verjagten sie diese, sobald sich keine Frau mehr bereit fand, mit ihnen das Laken zu teilen.

Kamen die verbannten alten Männer jedoch zu den Häusern zurück, weil sie sich in der Welt nicht zurechtfanden und Hunger litten, so vertrieben die Frauen die überflüssigen Esser mit Hunden oder töteten sie.

In ihrem Übermut gingen einige Frauen so weit, den auserwählten jungen Mann nur ein Jahr lang in ihr Bett zu lassen. Dann setzten sie ihn vor die Tür, und er musste, wenn sich keine andere Frau seiner erbarmte, mit den Alten die Siedlung verlassen, um sich im Wald von Borke, Beeren, Vogeleiern und Käfern zu ernähren.

Der Großen Göttin missfiel dieser Übermut ihrer Geschöpfe, und sie ermahnte die Frauen, doch sah sie davon ab, sie zu bestrafen, denn auch sie liebte die jungen Männer mehr als die alten und wollte den Frauen keine Vergnügung verbieten und keinen Spaß verderben.

Die Söhne der Großen Göttin jedoch, Uranus und seine Brüder, sahen entsetzt auf das Treiben der Frauen. Sie fürchteten ein Spiegelbild dessen zu erblicken, was eines Tages auch ihnen drohen würde, das Gespenst ihrer eigenen Zukunft, und sie verschworen sich gegen ihre Mutter, überwältigten sie und verbannten sie für alle Ewigkeit in den Tartaros.

Um die Herrschaft der männlichen Götter zu festigen, wurde die Erde neu geordnet. Die irdischen Männer, die bislang nur Spielknaben waren, mit denen die Frauen sich zu ihrer Lust vergnügten, galten von nun an als das starke Geschlecht, und die Frauen, hieß es jetzt, seien schwach und schutzbedürftig, abhängig von der Kraft, der Gnade und der Liebe des Mannes.

Die Schöpfung der Großen Göttin konnten ihre Söhne nicht ändern, doch sie pflanzten neue Religionen und Mythen unter den Sterblichen, die ihre Macht und die der Männer festigen sollten. Es hieß nicht mehr, die Wogen und die Winde würden mit den irdischen Frauen die Kinder zeugen, sondern die Männer galten als die Erzeuger und Väter. Es entstand der Mythos, dass Kinder aus dem Kopf der Patriarchen geboren werden, aus ihrer Lende oder dem Oberschenkel. Es gab die Legende, wonach in den Frauen ein Ei heranreift, das erst durch die Umarmung mit einem Mann und durch sein Glied fruchtbar und lebendig wird. Und es entstand die Dichtung, das neue Leben sei bereits vollständig im Samen des Mannes verborgen. Die im Mann keimende Frucht wird ausgesät wie Korn und in der weiblichen Höhle eingesetzt, damit das Kind dort heranreift und sich kräftigt, bevor es das Licht der Welt erblickt.

Der Mann, sagten die neuen Mythen, sei der Erzeuger des Lebens, er sei der Herr aller Sterblichen und der Natur und aller Tiere. Die Frau, hieß es nun, sei nichts als eine träge Furche, in die der Mann seinen Samen einpflügt. Den Winden und den Wogen des Wassers wurde die Schöpfungskraft abgesprochen, nicht sie galten weiterhin als die Kräfte, die das Leben zeugten. Und die Frauen, so die nun herrschende Meinung, seien lediglich die Ammen des entstehenden Lebens und hätten sich dem Mann zu fügen.

Uranus achtete darauf, dass weder im Himmel noch auf Erden die neu gesetzte Ordnung verletzt wurde, um nicht durch Leichtsinn eine Rückkehr der Großen Göttin zu verschulden. Kronos stürzte Uranus vom Thron und verbannte ihn, und er selbst wurde von Zeus gestürzt und verbannt, aber trotz ihrer grausamen Kriege untereinander und bei aller tödlichen Feindseligkeit, einig waren sie sich darin, nie wieder der Großen Göttin Gewalt über Himmel und Erde zu geben.

Die himmlischen Gefährtinnen der neuen Herrscher und die entmachteten Frauen der Erde wurden zwar von den Göttern und Männern umsorgt und geliebt oder als hilfreich erachtet, doch im Himmel wie auf Erden war dafür gesorgt, dass sie nicht mehr ihre ursprüngliche Bedeutung zurückerlangen konnten.

Doch wenn die im Tartaros eingeschlossene Große Göttin an ihren Ketten zerrt und gegen die Wände des Kerkers schlägt, dann brechen die Winde auf, stürmen und toben, und die Wogen der Ozeane und Meere bäumen sich hoch und greifen weit ins Land, und Winde und Wogen suchen gewalttätig und aufbrausend nach den Frauen, um in sie zu fahren und ihnen ihre Kraft einzupflanzen.

Dann werden die Frauen unruhig und wandern erregt durch die Wohnungen und die Straßen entlang. Sie entkleiden sich, stürzen in das Wasser und lassen sich von den Wogen streicheln und lecken. Sie setzen sich mit geschlossenen Augen in die warmen Erdquellen und nehmen die Bewegung des Wassers in sich auf. Sie gehen bei Wind und Wetter ins Freie, allein und furchtlos auch in tiefster Nacht. Sie wandern über Felder, auf den Wiesen und durch die Wälder, sie steigen auf die Berge, reißen sich die Kleider vom Leib und bieten den entfesselten Naturgewalten selbst die verborgenste Öffnung ihres Leibes. Ihre wilden Schreie der Lust mischen sich mit den Brunftrufen des Wilds, dem unablässigen Anrollen und Stoßen der Wellen und dem Brüllen der Winde.

In der Nacht oder am frühen Morgen kommen sie bis auf die Haut durchnässt und mit leuchtenden Augen zurück. Glückselig sind sie und unansprechbar, und sie scheinen zu schweben.

Und die Götter und Männer werden unruhig und blicken besorgt. Die Lüste der Frauen ängstigen sie, und der Schatten der Großen Göttin erscheint vor ihnen und schreckt sie. Und in diesen Nächten fürchten sie um die Ordnung der Welt und ihre Herrschaft.

Die dreizehnte Arbeit

Unsterblichkeit hatte Zeus seinem Lieblingssohn Herakles versprochen, wenn er Eurystheus diene und für ihn zehn Arbeiten ausführe, nach welchen auch immer ihn verlange.

Eurystheus war dem Heroen verhasst, hatte ihm dieser doch die Herrschaft über das Perseus-Reich geraubt, und der hasste Herakles nicht weniger, fürchtete allerdings den gewaltigen Herakles und trachtete ihm nach dem Leben. Die Arbeiten, die er ihm auftrug, sollten ihn vernichten, aber der Titan führte sie eine nach der anderen glücklich aus.

Nach acht Jahren und einem Monat hatte er den Nemeischen Löwen getötet, dessen Fell er seitdem trug, der Hydra die Köpfe abgeschlagen, die Hindin mit den bronzenen Hufen und den goldenen Hörnern und den Erymanthischen Keiler eingefangen und nach Mykene gebracht, die Ställe des Augias gereinigt, die bronzegeflügelten, männerverzehrenden Sumpfvögel vertrieben, den Kretischen Stier besiegt, die wilden Pferde des Diomedes gebändigt, den goldenen Gürtel des Ares im Kampf mit der Amazone Hippolyte erobert und die berühmte rote Viehherde des Königs Geyron geraubt. Die für Herakles schwierigste Arbeit aber war, den Spott der Hellenen auszuhalten, hieß er doch in allen mittelländischen Ländern nur noch »der Sklave des Eurystheus«.

Als die zehn Arbeiten getan waren und er von Eurystheus verlangte, Zeus die glückliche Ausführung zu melden, damit dieser Herakles den göttlichen Lohn der Unsterblichkeit gebe, weigerte sich der König. Zwei Arbeiten wollte er nicht anerkennen und nannte ihm zwei weitere, die er zu verrichten habe und die, so hoffte er, das Ende des Titanen bedeuten sollten. Herakles hatte Mühe, sich zu beherrschen und diesen unwürdigen Herrscher nicht mit einer Hand zu zerdrücken, doch er wollte die Unsterblichkeit, und so stahl er wunschgemäß die Früchte vom goldenen Apfelbaum der obersten Göttin Hera und zerrte aus den tiefsten Tiefen des Tartaros den Höllenhund Kerberos heraus, um ihn nach Mykene zu bringen.

Eurystheus war entsetzt, dass Herakles auch diese Arbeiten überlebt hatte, weigerte sich allerdings weiterhin, Zeus den Vollzug zu melden.

»Du hast es noch nicht geschafft, Herakles, denn bei allen Arbeiten haben dir bisher Götter geholfen. Ich nenne dir eine Arbeit, bei der dir keiner der Götter beistehen wird. Verrichte sie, und du wirst unsterblich sein.«

Herakles geriet in Zorn: »Ein Lügner und Betrüger bist du, Eurystheus. Wenn ich diese dreizehnte Arbeit verrichtet habe, wirst du eine vierzehnte nennen und so fort. Nein, es ist besser, ich schneide dir die Ohren ab, die Nase, die Hoden und dann Glied für Glied, Stück für Stück. Und kein Gott muss mir dabei beistehen.«

»Doch du wirst dann sterblich sein. Besinne dich, unbesonnener Sohn des Zeus. Es wird unwiderruflich die letzte Arbeit sein. Und da ich weiß, dass du so aufrecht wie stark bist und nie wortbrüchig, werde ich bereits an dem Morgen des Tages, an dem du zu deinem letzten Dienst aufbrichst, Zeus melden, dass du alle Arbeiten verrichtet hast.«

Herakles schwieg. Sein Brustkorb bebte und er hatte Mühe, sich zu beherrschen.

»Was ist zu tun?«, fragte er drohend.

»Diese Arbeit ist wahrhaft schwer, kein Sterblicher außer dir kann sie verrichten.«

»Was willst du?«

»Die Arbeit ist so schwer, dass ich nicht wage, sie auszusprechen. Geh in den Innenhof, so wirst du sie erfahren«, erwiderte der König.

Im Innenhof waren Worte mit Sand auf den Marmor geschrieben. Herakles hatte sie kaum gelesen, da verwehte sie der Wind.

Besiege Zeus und du wirst unsterblich sein, hatte dort gestanden.

Herakles ging zu Eurystheus zurück.

»Das wird mich töten«, sagte er.

»Ich hoffe es«, erwiderte Eurystheus und lächelte böse, »unsterblich werden oder sterben, das ist deine letzte Arbeit.«

»Da ich die Sterblichkeit hasse, gehe ich in diesen sicheren Tod. Ich gehe sofort. Melde Zeus, dass ich dir die verlangten Arbeiten geleistet habe. Ich werde sterben, Eurystheus, aber sei gewiss, zuvor werde ich dich umbringen.«

»Das weiß ich, Herakles. Das wolltest du schon immer. Ich bin gewappnet.«

Herakles machte sich, gerüstet mit dem Löwenfell, einem Bogen und der Keule aus Olivenholz, auf den Weg. Für diese Arbeit musste er sich nicht vorbereiten, denn es gab nichts, was ihm helfen konnte. Zeus würde ihn töten, wenn er nur hören würde, was sein Sohn vorhabe, so wie er seinen eigenen Vater, seine Brüder und alle aufsässigen Kinder vernichtet hatte, die ihm den Thron rauben wollten.

Herakles wusste, er ging in den sicheren Tod, doch wenn ihm die Unsterblichkeit versagt blieb, so war ihm sein Leben nichts mehr wert, und ob ihn der unvermeidliche Tod sofort oder erst in ein paar Jahren ins Nichts schicken würde, war ihm gleich. Vor Zeus zu erscheinen, um ihm von dem neuen, gotteslästerlichen Auftrag dieser Kreatur Eurystheus zu berichten, war nicht möglich. Zeus würde augenblicklich Eurystheus vernichten und damit wäre seine Unsterblichkeit gleichfalls für immer zerstört. Auch würde nie einer zu göttlichen Ehren gelangen, der sich hilflos und würdelos bei dem Allmächtigen über einen Sterblichen beklagt hatte.

Verzweifelt und nicht bei Sinnen lief er über die Weiden und durch die Wälder, stürmte die Berge hoch und durchquerte die Flüsse so ungestüm, dass Mutter Erde und Poseidon aufstöhnten.

Als er Ligurien durchquerte, schickte der ligurische König Ligys seine Heere gegen ihn, um den lebend oder tot einzufangen, der seine beiden Brüder ermordet hatte, als er Geyrons Viehherde raubte. Herakles tötete Hunderte der Soldaten, bis ihm die Pfeile ausgingen und die Keule zersplitterte. Dann sank er erschöpft und hoffnungslos zu Boden und erwartete die anstürmenden ligurischen Truppen und den Tod. Er fiel auf die Knie und betete zu Zeus. Und er, der noch nie eine Träne vergossen, er, der auf Erden die erstaunlichsten Taten verrichtet hatte und der mit einem Fingerschnipsen den Schädel eines Mannes spalten konnte, er begann zu weinen. Waffenlos kniete der gefürchtete, unbesiegbare Herakles auf dem Boden Liguriens, betete verzweifelt zu Zeus und die Tränen rannen über sein Gesicht.

Zeus sah es und es rührte das Herz des unrührbaren Gottes und er erbarmte sich seiner. Er hüllte Herakles in das Kleid der Nacht, ließ Steine auf die ligurischen Heere regnen, dass sie die Flucht ergriffen, und rettete seinen Sohn Herakles.

»Du hast die Arbeit verrichtet?«, fragte Eurystheus entsetzt und fassungslos, als Herakles in seinem Palast erschien.

Herakles knirschte mit den Zähnen und ballte die Fäuste, so dass Eurystheus in den Tempel des Zeus floh. Dort berichtete er dem Göttervater von den zwölf Arbeiten des Herakles. Über die dreizehnte Arbeit wagte er kein Wort zu verlieren, wusste er doch, er würde augenblicklich sein Leben verlieren.

Zeus war es zufrieden: »So hat mein Sohn die Unsterblichkeit gewonnen und wird bei mir wohnen und sitzen mit den Olympiern. Und wisse, Eurystheus, Herakles hat noch mehr geleistet als die dir erbrachten Arbeiten. Er hat am Ende selbst mich besiegt, mich, den Allmächtigen. Er hat mich mit Tränen gezwungen, ihm zu geben, was ich ihm und allen stets verweigert habe, meine Hilfe.«

Der Titan Herakles wurde im Olymp aufgenommen und die Götter und Griechen verkündeten seinen Ruhm und berichteten voll Bewunderung und Ehrfurcht von seinen zwölf Arbeiten. Von der dreizehnten Arbeit aber, von dem Sieg über Zeus, wagte kein Gott und kein Sänger zu berichten, und selbst Homer, der von der dreizehnten Arbeit wusste, fürchtete den Zorn des Allgewaltigen und verschwieg diese unerhörte Tat des Heroen.

Echo, die Nymphe

Zeus hatte seine Freundin Echo gebeten, seiner Gattin Gesellschaft zu leisten und sie zu unterhalten, da er eine junge und ihn entzückende Dame besuchen und bei dem Abenteuer von Hera nicht überrascht werden wollte. Die Nymphe eilte zu Hera und schwatzte den ganzen Tag mit ihr, so dass diese keinen Moment Zeit fand, das Treiben ihres Mannes zu entdecken und beizeiten zu unterbinden.

Als sie am Abend den still vergnügten Gatten sah und ahnte, wie schlimm man sie betrogen hatte, nahm sie zornbebend die Nymphe beiseite und sagte zu ihr: »Komm nie wieder in mein Haus, du scheinheiliges Püppchen, du falsche Freundin. Nie wieder sollst du mich oder irgendeinen anderen derart hinters Licht führen. Du hast dahergeplappert, was Zeus dir sagte. So sollst du auch in aller Zukunft nur sprechen können, was andere dir sagen. Du sollst mich kennenlernen, elende Echo.«

»Elende Echo«, wiederholte die Nymphe.

»Ja, so ist es. Elend sollst du sein und erfahren, ich bin die mächtige Hera.«

»Die mächtige Hera«, konnte Echo nur wiederholen.

»Verkümmern sollst du vor Gram, nichts soll von dir bleiben. Nur der Schatten deiner Stimme, die allen anderen nachplappert.«

»Allen anderen nachplappert«, schwatzte die Nymphe ihr nach.

»Und nun geh, Echo, verschwinde für alle Zeit aus meinen Augen, und schwatze nur noch, was andere sagen.«

»Was andere sagen«, wiederholte die unglückliche Nymphe und verließ die zornige Göttin.

Heras Fluch erfüllte sich. Die Nymphe verstummte für immer und konnte nur noch die Worte nachplappern, die andere zuvor ihr gesagt hatten. Ihr Gram aber wurde bald gemildert, weil jeder im Olymp die kleine Echo liebte. Da sie stets die letzten an sie gerichteten Worte nachplapperte, bemerkte keiner, dass sie eigentlich stumm war, und da sie nie widersprach, sondern vielmehr nur wiederholte, was andere zu ihr gesagt hatten, und damit deren Worte zu bestätigen schien, war sie beliebt und wurde geschätzt wie keine andere der Nymphen. Von allen wurde sie eingeladen, überall war sie gern gesehen, Echo war jedermanns Liebling. Und da sie die Ansichten der anderen wortwörtlich wiederholte, war ihre Meinung bei allen, die mit ihr sprachen, sehr geschätzt.

Auch auf der Erde liebt man diese Nymphe. Die Götter werden verehrt und angebetet, man achtet und fürchtet sie, beliebt aber bei den Irdischen ist nur die kleine Echo. Ihr eifert man nach, man will werden wie sie. Wem es gelingt, der erfreut sich der Zuneigung aller Menschen, denn niemandem hört man lieber zu als ihm. Die Mächtigen der Welt schenken ihm Gehör und schätzen seine Meinung höher als die aller anderen. Sie folgen bei ihren Entscheidungen seinem Urteil und befördern nach Kräften seine Karriere.

Der dreijährige Eros

Keines der Götterkinder wurde auf dem Olymp von allen so geliebt wie der dreijährige Eros, der Sohn Aphrodites. Jeder der Himmlischen war erfreut, wenn der eifrige, unbeholfene Kleine um Hilfe bat oder gestreichelt werden wollte. Ein jeder nahm ihn gern auf den Schoß und genoss die kindlichen Frechheiten des verspielten, aufgeweckten Knaben. Eros liebte es, frühmorgens in die Betten der Göttinnen und Götter zu krabbeln, mit ihnen zu raufen und zu spielen, und alle erfreuten sich an den kecken Dreistigkeiten des kleinen Sohnes von Zeus.

Selbst Ares, der grausame und blutrünstige Verderber, der die Spiele der Götter und alle Künste verachtete und kein höheres Vergnügen kannte als das Geräusch brechender Knochen, empfand väterliche Gefühle, wenn der kleine Eros sich ihm zutraulich näherte, um mit seinen Waffen zu spielen.

Als Zeus eines Tages seinem kleinen Liebling sagte, er wolle ihm eine Freude machen und er solle ihm verraten, was er sich von ihm wünsche, da entgegnete der Knabe mit ernsthafter Miene, er habe nur einen einzigen Wunsch, und den würde ihm selbst Zeus nicht erfüllen können.

Zeus erwiderte, dass es für ihn, seinen Vater und den Herrscher über alle und alles, nichts gebe, was er nicht vermöge, und wenn sein Wunsch keinen der Götter verletze und weder den Himmel kränke noch die von ihm geschaffene Welt, so werde er ihm diesen Wunsch erfüllen. Eros lachte vor Vergnügen laut auf und ließ seinen Vater schwören, dass er sein Versprechen halte, denn keiner im Olymp und auf Erden werde verletzt oder gekränkt.

Zeus beschwor es lächelnd, und Eros sagte, Zeus habe einmal zu ihm gesagt, dass nur darum Kinder geboren werden, damit die Dreijährigen nicht aussterben. Er wolle nicht alt werden, er wolle drei Jahre alt bleiben, dies allein sei sein Wunsch. Er wollte nicht so dick und runzlig werden wie Acheloos und die Flussgötter, nicht so unbeweglich wie sein Onkel Poseidon, nicht so griesgrämig und hässlich wie Hephaistos oder gar so ein schrecklich dunkler und beängstigender Gott wie Hades. Er wolle jung bleiben, für immer und für alle Zeit.

Zeus wandte ein, ihm würde viel entgehen, wenn er ewig ein Kind bliebe. Er würde nie erwachsen werden, würde niemals Macht und Verantwortung haben und über die Welt und die Menschen herrschen, doch Eros erwiderte, dass er für nichts verantwortlich sein und nichts befehlen wolle. Wenn Zeus wirklich so mächtig sei, wie er sage, so solle er ihm die ewige Kindheit schenken.

»Du willst für immer drei Jahre alt bleiben?«, fragte Zeus verwundert.

»Für immer und alle Zeit«, sagte Eros.

»Du wirst nie die Liebe kennenlernen, mein kleiner geliebter Eros, die schönste Erfindung des Himmels. Du wirst nicht erwachsen und wirst nie mit einer Göttin oder einem Gott, einem Mann oder einer Frau zusammen sein, um diese Göttlichkeit zu erleben.«

»Um mit einem Mann oder einer Frau ins Bett zu gehen, muss ich nicht erst erwachsen sein«, wandte Eros ein, »ich komme in jedes Bett hinein, bei jedem und bei jeder. Mich hat noch nie einer hinausgeworfen.«

Zeus lachte auf: »Du verstehst mich nicht, mein Liebling. Du kannst mich nicht verstehen, denn ich spreche von einer Liebe, für die du noch zu klein bist. Erst wenn du erwachsen bist, wirst du eine Frau oder einen Mann auf die göttliche Art lieben können. Und nie wirst du dies erfahren, wenn du ein Kind bleibst.«

Eros erwiderte, er liebe alle und alle würden ihn lieben und dabei solle es bleiben.

»Oder kannst du es nicht, Papa? Bist du doch nicht so allmächtig, dass ich für alle Zeit jung bleiben kann?«

Schweren Herzens entschloss sich Zeus, sein Versprechen zu halten, und erfüllte den Wunsch des Kindes, ohne zuvor mit Aphrodite zu sprechen.

Die Mutter des kleinen Gottes war erschrocken, als sie hörte, dass ihr Liebling für alle Ewigkeit ein Dreijähriger bleiben werde, doch bald gefiel ihr der Gedanke, ihr geliebter Eros werde sie nie verlassen, sie könne ihn für immer bei sich behalten und stets für ihn sorgen. Sie küsste ihren Sohn und sagte, sie wolle ihm für diese unaufhörliche Kindheit ein unvergängliches Spielzeug schenken, er möge sich von ihr wünschen, wonach immer ihn gelüste. Eros ließ auch sie ihr Versprechen beschwören, und dann bat er um ihren Bogen und die beiden Pfeile, den goldenen und den bleiernen, mit denen die Göttin der Schönheit im Himmel wie auf Erden die Liebe erblühen und erlöschen lassen konnte. Ungern gab Aphrodite dieses Zeichen ihrer Macht aus der Hand, doch sie musste ihr Versprechen einlösen und ihm geben, was er verlangte.

Eros jubelte. Ausgelassen und triumphierend sprang er mit dem Geschenk durch den Olymp, schoss wahllos den Pfeil mit der Goldspitze auf Götter und Menschen und erzwang damit Liebe, Ehen und Affären. Und mit dem zweiten Pfeil, der eine Spitze aus Blei besaß, beendete er glückliche und lang andauernde Verbindungen, unerwartet für alle. Ihm gefiel es, dass er mit dem kleinen Spielzeug so viel Verwirrung stiften konnte und erwachsene Götter und Menschen in Aufregung und einen Strudel von glückseligen, aber auch lachhaften und beschämenden Gefühlen zu stürzen vermochte und in maßlose Leidenschaften.

Er brachte Götter und Menschen zusammen, wie es ihm gefiel. Er liebte es, Paare zu bilden und Verbindungen zu schaffen, die seinen Spott und seine Lachlust reizten. Alte Männer, die ein Leben lang verdienstvoll gearbeitet hatten, allseits geschätzt waren und in Ehren ergraut, ließ er stürmisch und besinnungslos sich für junge Mädchen entflammen, die noch mit Puppen spielten. Angesehene und gottesfürchtige Matronen bewegte er dazu, sich für bartlose Gymnasiasten zu begeistern und ihnen, zum Gespött der ganzen Stadt, nachzulaufen. Er brachte Geschwister dahin, sich einander in begehrlicher Liebe zu nähern, und bewirkte, dass Mütter den eigenen Sohn verführten. Er ließ reiche, mächtige Männer, die mit einem Federstrich Hunderte ihrer Mitbürger ins Elend stürzten und zu Tode brachten, sich weinend vor die Füße einer kuhäugigen Schönheit werfen, um ihre Zuneigung winselnd, und ließ junge Mädchen sich Tag und Nacht nach unerreichbaren Geliebten verzehren.

Mit Vergnügen weckte er bei den Göttern im Olymp Inbrunst und Begierde und sah belustigt zu, wenn die Himmlischen in Liebe verfielen und einander nachstellten. Dass es Woche für Woche deswegen Verwirrung und Streit unter den Göttlichen gab, brachte ihn zum Lachen.

Unentwegt und lustvoll richtete er auf den eigenen Vater seine Pfeile, so dass der alternde Zeus, aufgereizt vom goldenen Pfeil, als brünstiger Liebhaber jedem Rock im Himmel und auf Erden nachstellte, um nach der Befriedigung seiner Begierde und vom bleiernen Pfeil getroffen, sich matt und erschöpft unverzüglich von der eroberten Dame zu verabschieden. Als Opfer von Eros' Pfeilen und seiner dadurch entfesselten und nicht zu zügelnden Leidenschaften zerstörte er die Würde des olympischen Herrschers und verspielte jedes Ansehen bei Göttern und Menschen.

Seine Mutter, die schönste aller Göttinnen, und den hinkenden, hässlichen und schmutzstarrenden Hephaistos ließ er in Liebe zueinander entflammen, so dass sie, belächelt von allen Himmlischen, sich zu einem grotesken Paar zusammenfanden. Doch auch diese belustigende Verbindung stellte Eros nicht zufrieden. Mit seinem Spielzeug zwang er die verheiratete Mutter zu einer Liebschaft mit dem grausamen und bei allen Göttern verachteten Ares und sorgte dafür, dass dieses Verhältnis überall bekannt wurde und zu neuem Streit und weiteren Tränen führte.

Bei alledem war Eros nicht bösartig, er war noch immer ein dreijähriges Kind, verantwortungslos und unerzogen. Die sexuelle Begierde war ihm fremd und es amüsierte ihn, zu welch groteskem Benehmen er die Großen mit seinen Pfeilen zwingen konnte. Er verstand die Leidenschaften der Erwachsenen nicht, hatte aber begriffen, dass sie von diesen beherrscht wurden und er mit seinen Pfeilen Götter und Menschen leicht reizen, verführen und verwirren konnte. Weder vor dem Alter noch vor einem hohen Rang hatte er Achtung. Für ihn war sein Spiel mit den Liebespfeilen ein erheiternder Schabernack, dessen Folgen er schadenfroh betrachtete.

Die von ihm Gemarterten verfluchten und verdammten ihn, wenn sie durch Eros' Attacken in für sie fatale Geschichten verwickelt wurden. Doch verliebten sie sich bald erneut und mussten immer wieder und immer aufs Neue den Launen des dreijährigen Sohns der Aphrodite folgen.

Hades klagt an

Asklepios, der als der Vater der Medizin gilt, wurde als uneheliches Kind in Epidauros geboren und von alten Frauen, die im Apollontempel wohnten, aufgezogen. Sie unterrichteten das Kind und vermittelten ihm all ihre Kenntnisse über die Speisen, die Pflanzen und Kräuter und die rätselvollen Wege der Natur. Er lernte eifrig und wurde von den Alten zu einem kundigen, viel wissenden Kräutergärtner erzogen, der seine Lehrerinnen erstaunte, weil er verwegen Kräuter und Drogen einsetzte und mischte und auf bisher ungekannte Art erfolgreich verwandte.

Die Ausbildung zu einem Barbier und Arzt übernahmen ein erfahrener Chirurg und ein Handwerksarzt, der nach seinem Militärdienst sich in Epidauros niedergelassen hatte. Beiden war der wissbegierige Knabe bei ihren Besuchen im Apollontempel aufgefallen, und sie förderten ihn nach ihren Möglichkeiten. Auch diese beiden überraschte der junge Mann, da er den Menschen und seinen Körper nicht als das beseelte Geschöpf ansah, dessen Lebensodem oder dessen Seele man bei einem Eingriff verletzen und zerstören konnte, sondern wie eine physikalische Materie behandelte, deren einzelne Bestandteile er mit Geschick und verwegenen Einfällen zu ersetzen vermochte.

Der alte Feldscher war erstaunt, wenn der junge Asklepios fehlende Körperteile umstandslos durch Holzteile und Eisen ersetzte, die er mit genauen Anweisungen zuvor beim Tischler oder dem Hufschmied bestellt hatte. Und als ein zweifach beinamputierter Soldat, dem Asklepios Holzbeine mit verstellbaren Scharnieren hatte anfertigen lassen, wenige Monate nach der Operation vor ihnen zu einem Lied der fernen Heimat tanzte, begriff er, dass Asklepios ihn übertroffen habe und er dem Jungen nichts mehr beibringen könne.

Bald war Asklepios so erfolgreich in der Chirurgie und im Gebrauch von Drogen, dass man von ihm sagte, er könne Tote zum Leben erwecken. In ganz Hellas wurden er und seine Kunst geschätzt, und er war angesehen wie kein anderer der Sterblichen. Wegen seiner äußerst glücklichen Hand hieß es von ihm, der Gott Apollon, in dessen Tempel er aufwuchs, müsse sein Vater sein.

Er selbst dagegen bedauerte täglich sein, wie er meinte, geringes und unzureichendes Wissen um den Menschen, um Gesundheit und Krankheit, um die Wirkung der Heilkräuter und die Kräfte der verschiedenen Quellwasser.

»Vertrauen wir auf die Natur, nur sie allein vermag zu heilen«, pflegte er zu sagen, wenn er einem Kranken eine Medizin reichte oder ihn mit einem

Messer aufschneiden musste, um ihm Erleichterung zu verschaffen.

Auch unter den Himmlischen hatten sich seine Künste herumgesprochen, doch die Götter empörten sich über den Arzt, da er in ihre Pläne eingriff und die von ihnen gesandten Krankheiten erfolgreich bekämpfte und das Leben seiner Patienten verlängerte.

Besonders erzürnt und gereizt war Hades, denn es gab Sterbliche, denen er zum wiederholten Male die Todesnachricht hatte zustellen lassen müssen, da es Asklepios mit seinen Künsten gelang, diese Todeskandidaten ins Leben zurückzuholen und gesund zu machen.

Der wilde Herrscher des Tartaros wütete und schickte schlimme Krankheiten und unbekannte Seuchen auf die Erde und vor allem nach Epidauros, der Heimatstadt des Arztes. Asklepios ging zu den Kranken, untersuchte sie und fand schließlich heilende Mittel selbst gegen die tödlichen Krankheiten des Hades.

Hades, dessen Tage aus der Nacht bestanden und der dann folgenden Tageszeit, der Tiefen Nacht, fürchtete um seine Macht und um sein Ansehen bei den Sterblichen, glaubten doch diese bereits, der Arzt Asklepios habe den Tod besiegt und könne ihnen durch seine Kunst immerwährende Gesundheit geben, wodurch sie bald wie die Götter unsterblich seien.

In seinem Zorn wandte Hades sich schließlich an Zeus. Er verklagte den Arzt vor dem Allgewaltigen des fortgesetzten Diebstahls, der Unterschlagungen zum Nachteil eines Gottes und wegen Bestechlichkeit, denn Asklepios ließ sich seine Kunst von den von ihm geheilten Patienten bezahlen.

Zeus schüttelte den Kopf über diese Klageschrift. Dass ein Gott einen Sterblichen vor sein Gericht zu bringen sucht, weil dieser in einer Kunst besonders vortrefflich ist, widersprach seinem Begriff von Göttlichkeit, Ehre und Herrschaft. Aber den Kläger konnte er nicht zurückweisen.

Hades war bei allen Himmlischen und Menschen der gehassteste aller Götter, aber er war auch der gefürchtetste Gott. Und so wie er gefürchtet und verhasst war, waren ihm Menschen und Götter verhasst.

Er verachtete die Menschen, die er nur als sieche, sterbenskranke und verwesende Kreaturen kannte, und noch verdrießlicher stimmten ihn die Götter, da er die Unsterblichen niemals in seine Gewalt und in sein Reich bekommen konnte. Auch ließ er sich auf dem Olymp nie sehen, denn ihm missfielen die lockeren Sitten der Ewigen und ihr heiteres und frivoles Leben. So hatte er wenig Kenntnis vom Olymp, achtete aber umso mehr darauf, dass seine Rechte niemals beschnitten werden. Nur Ares schätzte er, den Kriegsgott, der ihm täglich junge Krieger schickte, an manchen Tagen so viele, dass Charon die ganze Nacht und die Tiefe Nacht hindurch zu fahren hatte. Er schätzte ihn, denn auch Hades liebt die Jungen mehr als die Alten, die ihm die Zeit ohnehin sendet.

Da er der reichste aller Götter war – ihm gehörte alles, was in der Erde verborgen ist, jedes Metall und sämtliche Edelsteine, daher war sein zweiter, sein anderer Name Pluton, der Reiche –, war selbst ein Zeus von ihm abhängig und durfte ihn nicht verärgern. Schweren Herzens musste er die Klage von Hades annehmen.

Er schickte einen Boten zu Asklepios, der ihm die Klageschrift überbrachte und ihn aufforderte, einen Verteidiger zu benennen, da der Arzt als Sterblicher nicht selbst vor dem Gottesgericht erscheinen durfte.

Asklepios bat, von Prometheus verteidigt zu werden, was im Olymp keinen überraschte, galt auf Erden dieser Gott doch als Fürsprecher der Sterblichen und hatte wiederholt schwere Bestrafungen und die Vernichtung der Irdischen abwenden können.

Auch Hades erschien nicht persönlich vor dem Gericht. Er hielt eine formelle Verhandlung für unnötig, da nach göttlichem Gesetz jeder Irdische, der einen Gott verärgert, mit dem Tod zu bestrafen sei. Dass diesem unumgänglichen Richtspruch eine Gerichtsverhandlung vorauszugehen habe, erschien ihm als reine Zeitverschwendung, geschuldet einem modischen Zeitgeist, von dem der Olymp seit dem Ende der Herrschaft von Kronos nicht frei sei. Hades liebte die Stille seines Reiches, er war an das ewige Schweigen gewöhnt und das Geplauder und Kichern und laute Lachen der Olympier verletzte seine Ohren und verursachte ihm grässliche Leibschmerzen. Er schickte Minos, ihn und seine Klage im Olymp zu vertreten.

Minos, von Zeus aufgefordert zu sprechen, trat vor den Tisch, wies auf die Anklageschrift, die vor Zeus lag, und sagte lediglich: »Asklepios muss sterben. Vernichte ihn, Zeus.«

Er setzte sich wieder. Für ihn und Hades und den gesamten Tartaros war alles gesagt.

Prometheus begann eloquent die Verteidigung des Arztes. Er wies auf Zeus' Auftrag hin, der den Menschen befohlen hatte, die Erde zu erobern und das Handwerk und die Künste zu entwickeln und zu verbreiten. Er sprach über die für die Menschen segensvolle Tätigkeit des Arztes, über den Nutzen für die Menschen wie die Götter. Er erinnerte, dass Zeus selbst nach der letzten Sintflut den Menschen zugesagt habe, in irdische Belange nicht einzugreifen, sondern alles den Menschen zu überlassen, ihr Heil und ihr Unheil, den Bau der Welt oder dessen Zerstörung.

Schließlich unterbrach ihn Zeus.

»Gut gesprochen, Prometheus«, sagte er, »wir kommen zum Urteil. Asklepios ist schuldig, er hat Menschen gestohlen, die bereits dem großen Hades gehörten. Nicht einmal der Styx hat ihn davon abgehalten, sie von Charons Nachen in die Welt zurückzubringen. Er hat Hades gekränkt und nach dem unvergänglichen Gesetz des Himmels muss er sterben. Augenblicklich. Möge Hades ihn in Gnaden aufnehmen.«

»Einen Moment, Zeus, oberster Richtherr«, unterbrach ihn Prometheus, »die Verteidigung war noch nicht am Ende. Ich beantrage, dass der Gerichtshof anders und neu zusammengesetzt wird. Das Gottesgericht hat über die Götter zu entscheiden, über die Menschen urteilen menschliche Richter. Da hier ein Gott und ein Mensch miteinander streiten, braucht es einen zweiten, einen sterblichen Richter, um nicht deine Ordnung, Zeus, zu stören und um einen gültigen Richtspruch zu fällen.«

»Ein weiterer Richter? Ein Richter neben mir?«, fragte Zeus überrascht und stirnrunzelnd.

»Das ist unumgänglich, wenn das Gericht nicht seine Zuständigkeit überschreiten will. Ein zweiter, stimmberechtigter Richter der Irdischen.«

Zeus zögerte. Er wollte dem Gesetz genügen, aber er durfte und wollte Hades nicht verärgern.

»Was soll das?«, fragte er Prometheus, »der Arzt wird auf der ganzen Erde verehrt, kein Sterblicher wird ihn verurteilen, jeder muss ihn als Lebensretter freisprechen.«

»Das mag sein. Aber das Gesetz verlangt es. Dein Gesetz, Zeus.«

Unwillig ließ der Gottvater sich dazu herab, den Einwand zu akzeptieren und den Vorschlag anzunehmen.

»Stimmberechtigt und gleichberechtigt muss er sein«, wiederholte Prometheus.

Zeus lachte auf und fragte ergrimmt: »Gleichberechtigt? Wie soll das gehen? Gleichberechtigt mit mir? Mit Zeus?«

»Nur für die Zeit der Verhandlung, Allmächtiger.«

Zeus stimmte schließlich zu, verlangte aber, dass der Sterbliche ihm zu Ehren der König der Könige sein müsse, der die Irdischen als Richter vertrete. Die Verhandlung wurde für Stunden unterbrochen, bis Hermes den großen Achill, den König der Könige, geholt und unterrichtet hatte. Als gottgleicher Heros durfte er an der Versammlung der Götter teilnehmen, um zuzuhören und sein Urteil zu fällen.

Die Verhandlung wurde wiederholt. Minos deutete wiederum nur auf die Anklageschrift und verlangte das Todesurteil, und Prometheus sprach über Gesetze, denen auch die Himmlischen unterliegen.

Als er geendet hatte, zogen sich die beiden Richter zurück, um zu beraten. Zeus forderte Achill auf, sich zu erheben, da dieser sich vor ihm auf die Knie geworfen hatte.

»Sprich frei und unbefangen, tapferer Achill«, sagte Zeus und fuhr fort: »Mein Urteil allerdings steht fest. Asklepios hat dem Hades die Toten geraubt. Die Todesstrafe ist unumgänglich.«

»Er hat keine Toten geraubt«, wandte Achill ein, »sondern Schwerkranke gerettet. Ein Lorbeerkranz der Götter gebührt ihm, nicht dein todbringender Blitzschlag.«

»Schwerkranke? Nein, es waren Todkranke, also Eigentum von Hades.«

»Solange ein Sterblicher atmet, lebt er und gehört nicht dem Hades.«

»Das sind Spitzfindigkeiten eines Winkeladvokaten, Achill, und deiner nicht würdig. Halbtot, das heißt: auf dem Wege zum Hades. Und wie, meinst du, soll es auf Erden weitergehen? Soll Asklepios das Leben der Sterblichen weiter verlängern? Immer weiter? Bis zur Unsterblichkeit?«

»Alles, was menschliche Kunst vermag, hast du erlaubt und geboten, großer Zeus. Du selbst hast Leute wie Asklepios ermuntert, dass sie forschen und entdecken und die Natur verstehen, um sie zu nutzen. Wenn er das Leben der Sterblichen verlängert, wird die Welt ihn preisen und dich, Zeus, verehren.«

Zeus schüttelte bekümmert den Kopf: »Ich bin

dessen nicht so gewiss wie du, Achill. Asklepios kann offensichtlich ihr Leben verlängern, nur kann er ihnen nicht die ewige Jugend geben.«

»Da er ihr Leben verlängern kann, wird es seiner Kunst auch bald möglich sein, ihnen die Altersgebrechen zu nehmen und ihnen bis zum Tag ihres Todes ein jugendliches Aussehen zu geben.«

Zeus seufzte und erwiderte: »Wenn wir deinem Urteil folgen würden, wird der Tag kommen, an dem die Sterblichen diesen Richtspruch und uns verfluchen. Denn fährt dein kluger Asklepios in seinen Bemühungen fort, so werden die Alten nicht sterben. Sie werden nicht ihren Platz räumen, den die Jungen benötigen. Uralte, hilflose und hässliche Menschen werden die Erde bevölkern, Greise, die versorgt werden müssen. Denke nach, Achill, bald wird es mehr hinfällige, entkräftete Alte als junge Leute geben, und kurz darauf nur noch Greise. Wollen die Sterblichen tatsächlich eine solche Erde? Ist nicht meine Ordnung, zu der der grausame Hades gehört, gerechter und menschlicher? Denke nach und entscheide mit Verstand.«

Er erhob sich und forderte Achill auf, mit ihm in den Gerichtssaal zurückzukehren. Dann sprach er als der göttliche Richter sein Urteil, und er verurteilte Asklepios zum Tode. Nach ihm sprach Achill als der sterbliche Richter. Er lobte Zeus und schloss sich seinem Urteilsspruch an.

Und in derselben Stunde starb der Arzt Asklepios, beweint von ganz Hellas, und er wurde von Charon über den Styx zu Hades gebracht.

Auf dem Stuhl des Vergessens

Hades hatte sich zum Ufer des Styx begeben, als Charon ihm Asklepios brachte. Doch nicht um den großen Heilkundigen zu ehren, war der unerbittliche, bei Göttern und Menschen verhasste Gott mit den drei Totenrichtern und seinem dreiköpfigen Hund Kerberos an den Totenfluss gekommen, sondern um den Arzt zu schrecken und zu verhöhnen, da Asklepios durch seine Künste die Toten von Charons Nachen ins Leben zurückgeholt hatte, bis ihn auf Verlangen des Totengottes endlich selbst der Tod ereilte. Höhnisch und verächtlich sah er zu, wie der alte Mann aus dem Boot des Fährmanns kletterte und, bedächtig und neugierig um sich blickend, das Totenreich betrat.

Hades, der Unsichtbare, nahm für einen Moment seine Kappe ab, so dass Asklepios ihn zu sehen bekam, doch während selbst Charon bei diesem grässlichen Anblick sein Haupt verhüllte, schreckte der Arzt nicht zusammen, sondern grüßte ihn höflich und betrachtete ihn aufmerksam.

»Schmerz und Schrecken erwarten dich«, sagte Hades mit dumpf nachhallender Stimme zu ihm,

»lange hast du mich geärgert, Menschlein, nun lerne den Tod fürchten.«

»Ich wäre ein schlechter Arzt, wenn ich den Tod fürchten würde«, erwiderte Asklepios ehrerbietig und selbstbewusst.

Der dreiköpfige Kerberos fletschte die Zähne aller drei Mäuler und drohte sich auf den alten Mann zu stürzen, doch der Totengott hielt ihn fest, setzte sich grimmig lächelnd die Hadeskappe auf und verschwand mit seinem Gefolge.

Zu seinem Ärger musste er sich bald danach wieder mit diesem störrischen Arzt beschäftigen, denn Asklepios ging durch den Tartaros, sprach mit den Toten, mit den Verlorenen und den Unglücklichen, und bemühte sich, ihr Schicksal zu erleichtern, soweit dies in seiner Macht stand. Er befragte die Verstorbenen und hörte sich ihre Geschichten an, um den Tod zu erforschen und dieses dunkle und letzte Geheimnis zu entschlüsseln. Hades schäumte vor Wut, als er bemerkte, dass der Arzt sich nicht davon abhalten ließ, jenen beizustehen, die allein ihm, Hades, gehörten, und statt zu büßen und zu bereuen weiterhin seine irdischen Forschungen zu treiben.

Er befahl Kerberos, diesen Asklepios zu ihm zu bringen. Noch immer, schien es, hatte dieser alte Mann keine Angst vor dem Totengott.

»Setz dich«, herrschte er ihn an, »setz dich auf diesen Stuhl. Dieser Platz ist für dich reserviert.«

Er wartete, bis sich Asklepios gesetzt hatte.

»Du hast meine Ordnung gestört, als du lebtest. Nun störst du die Ordnung und meine Ruhe, da du tot bist. Ich bin es müde, mich weiterhin mit dir zu beschäftigen, Menschlein. Da du mich, einen Gott, verspottest, werde ich dich auslöschen. Der Stuhl, auf dem du sitzt, ist der Platz des Vergessens. Wer sich auf ihm niederlässt, kann ihn nie mehr verlassen. Für alle Ewigkeit wirst du auf diesem Stuhl bleiben.«

Er winkte Kerberos zu sich und verschwand in der Unsichtbarkeit der Hadeskappe.

Asklepios bemühte sich vergeblich aufzustehen. Und langsam, sehr langsam, schwanden die Erinnerungen, löste sich sein Wissen auf, verlor sich all das, was einst diesen großen Arzt ausgezeichnet hatte. Er entsann sich kaum noch seiner einst so gerühmten Fertigkeiten, und die Namen jener hilfreichen Kräuter, die er ein ganzes Leben lang genutzt hatte, entfielen seinem Gedächtnis. Bald wusste er nicht mehr den eigenen Namen, und wenn ihn andere Bewohner des Tartaros erkannten und ansprachen, schaute er sie stumpfsinnig an und ohne jedes Verstehen. Das Gedächtnis verfiel, und die Erinnerungen verblichen. Keinen erkannte er mehr, und schließlich wusste er nicht mehr, was er tat und wer er war. Erfreut war er und beglückt wie ein kleines Kind, wenn Vorübergehende ihm Zuckerwerk schenkten. Dann lachte er dümmlich auf und verschlang es gierig.

Das Vergessen hat ihn vollständig umfangen, und mit offenem Mund und erloschenen Augen sitzt er für alle Zeit auf dem Stuhl des Vergessens.

Väter und Söhne

Mit dem schlauen, selbstgefälligen Lächeln eines Gauners kehrte Zeus in den Olymp zurück. Flüchtig grüßte er seine Gattin Hera und die anwesenden Frauen und schaute sich nach Hermes und Apollon um. Er wollte den beiden vertrauten Freunden von seinem neuesten Streich berichten.

Bei Tyros hatte er die Tochter Agenors verführt. Er hatte sich in einen schneeweißen Stier mit kleinen edelsteinähnlichen Hörnern verwandelt und sie zutraulich und sanftmütig umkreist, bis sie die Hand ausstreckte, um ihm Fell und Hals zu kraulen. Er hatte sich auf die Vorderhufe niedergelassen, um sie zu einem Ritt einzuladen, und sie hatte sich tatsächlich nackt, wie sie war, auf das schöne Tier gesetzt. Behutsam war er mit ihr den Strand entlanggetrabt und sorgsam durch das niedrige Wasser gestapft. Sie juchzte und presste sich an ihn, und er war plötzlich und bevor sie es bemerken konnte, ins tiefe Wasser geschwommen, so dass sie sich an ihn krallen musste, wenn sie nicht herunterstürzen und ertrinken wollte. Erst in Kreta ging er mit ihr an Land, offenbarte sich ihr dort, um die Schöne dann seinerseits zu reiten.

Auf dem Heimweg hatte er noch eine der Töchter Asopos’ zu einem Schäferstündchen überredet, wobei er allerdings von dem Vater, von Asopos selbst, überrascht wurde. Nackt und waffenlos, wie er in dem munteren Moment war, blieb ihm nur die Flucht, verfolgt von dem schreienden und wütenden Papa der Schönen. Als ihn die Flucht langweilte, verwandelte er sich in einen Felsen, den der zornsprühende Asopos, den Wurfspieß in der Hand, mit offenem Mund und dümmlich glotzenden Augen immer wieder umkreiste, ohne ihn entdecken zu können.

Zeus schüttelte es vor Lachen, wenn er daran dachte, und das Vergnügen verdoppelte sich für ihn bei dem Gedanken, seinen Freunden davon zu berichten.

Er traf sie in der Trinkhalle des Olymp an, aber er kam nicht dazu, die beiden zu sich zu winken, denn es herrschte große Aufregung. Die Götter stürzten auf ihn zu und bestürmten ihn so heftig mit Forderungen und Bitten, dass er Mühe hatte, in dem lauten Stimmengewirr den Grund des Tumults zu verstehen.

Er nahm seinen Platz ein, bat um Ruhe und Gelassenheit und ließ sich berichten, was die Götter so erregte, dass sie alle olympische Contenance fahren ließen.

Man stritt um die Orakel in Hellas. Einst hatte es dort nur ein einziges gegeben, das Orakel von Dodona, doch in den letzten Jahrzehnten waren immer mehr hinzugekommen, und die Götter beschuldigten sich nun gegenseitig, die heilige Vorausschau zu profanieren und das göttliche Wissen zu verkaufen.

Missvergnügt, hatte er sich doch auf ein Plauderstündchen mit Hermes und Apollon gefreut, hörte sich der Allgewaltige die Klagen an und verkündete, er werde am nächsten Nachmittag, eine Stunde nach dem Mahl, seine endgültige und ewiggültige Entscheidung treffen. Dann nippte er an seinem Glas, warf es hinter sich und verließ verärgert die noch immer heftig debattierenden Götter.

Die Orakel langweilten ihn. Er verstand nicht, welchen Sinn es haben konnte, den Sterblichen das Schicksal vorauszusagen, denn diese bekamen dadurch die Möglichkeit, sich darauf einzurichten oder es sogar mit Bedacht und Schläue zu umgehen. Diese Ankündigungen nahmen dem Schicksal den Moment der Überraschung und damit dessen eigentlichen Witz und Humor, wie es die Schicksalsgöttinnen den olympischen Göttern einst versprochen hatten.

Das Orakeln war ihm sogar zuwider. Es war in seinen Augen lächerlich. Ein unabänderlich eintreffendes Geschehen den betroffenen Menschen vorauszusagen, war für ihn vorwitzig und naseweis und überdies ein Vergehen am göttlichen Mysterium. Es verdrehte die olympische Ordnung. Es war so, als würde er, Zeus, erst donnern und dann seinen Blitz werfen, doch der Spaß liegt allein darin, den ahnungslosen Frevler unvermutet zu strafen und die Schuldlosen durch den nachfolgenden Donner an die Gesetze und die Götter zu erinnern. Wenn er donnert, bevor er mit seinem Blitz zuschlägt, ist der Frevler gewarnt und die Schuldlosen sind bei dem Getöse verwundert, aber ratlos, da kein Leichnam eines frisch Hingerichteten sie schrecken kann. Das ist eine verdrehte, völlig missglückte Dramaturgie, sagte er sich, den anderen Göttern jedoch nicht zu vermitteln.

Er hatte seine Bedenken unverhohlen geäußert, doch da die Orakel eine willkommene Nebeneinnahme der auf großem Fuß lebenden und stets klammen Götter darstellten, hatte er davon abgesehen, es ihnen zu verbieten. Die Erfahrung hatte ihn belehrt, es sei unsinnig, Götter erziehen zu wollen. In der ersten Zeit seiner Herrschaft hatte er sie wiederholt gemahnt, nicht über ihre Verhältnisse zu leben und mit ihrem Einkommen vorliebzunehmen, aber die von ihm getadelten Götter warfen ihm vor, er sei anders als sie mit einem goldenen Löffel im Mund geboren. Es war zwecklos, ihnen erklären zu wollen, dass es nicht das Einfachste von der Welt sei, den eigenen Vater umzubringen, um an diesen goldenen Löffel heranzukommen, zumal wenn der Vater gewarnt war und seinerseits den Sohn schlachten wollte.

Die Orakel waren in der Welt beliebt. Die Leute

zahlten, was immer die Priester und Priesterinnen der Orakelschreine verlangten, um einen Blick in ihre Zukunft zu werfen, und offenbar störte es sie wenig, wenn die Prophezeiungen sich manchmal bewahrheiteten, aber ebenso häufig auch nicht. Denn die Götter waren selbst auf Vermutungen angewiesen und würfelten die erbetenen Antworten in der Trinkhalle aus, da die drei Schicksalsgöttinnen die Einzigen waren, die um das Kommende Bescheid wussten, sich aber hartnäckig weigerten, selbst den befreundeten und vertrauten Göttern beizeiten eine Auskunft zu erteilen.

Der wirtschaftliche Erfolg der Orakelschreine führte dazu, dass, von Zeus abgesehen, mittlerweile jeder der Götter ein eigenes Orakel in den Ländern des Mittelländischen Meeres betrieb und einige von ihnen sogar in jedem Land der hellenischen Welt eins besaßen, um die Sterblichen und ihre Opfergaben an sich zu binden. Dieses Übermaß an Orakelschreinen führte zu einigen Misslichkeiten, denn die Einnahmen vermehrten sich zwar insgesamt, gingen aber durch die heftige Konkurrenz für den einzelnen Gott zurück. Auch waren die erteilten Auskünfte widersprüchlich, und die Sterblichen konnten sich ein erwünschtes Orakel erteilen lassen, indem sie den Schrein wechselten und einem anderen Gott ihr Vertrauen und ihr Geld gaben. Die sich widersprechenden Zukunftsdeutungen und die vielen falschen Voraussagen schürten das Misstrauen der Sterblichen in die Weitsicht der Götter, und die jungen Leute, zumal die Jugend in den großen Städten, nahmen die Orakelpriester nicht ernst und spotteten über sie.

Die Götter beschuldigten sich gegenseitig, durch Geldgier das Ansehen der Orakelschreine und ihrer Priester zerstört zu haben. Die Götter der allerersten Orakel verlangten, dass die später errichteten Schreine geschlossen werden müssen. Diejenigen, die nur einen Schrein auf Erden hatten, schrien, kein Gott dürfe mehr als ein Orakel betreiben und Filialen seien nicht zulässig, da sie den eigentlichen Grund der Misere bildeten. Und die Olympier, die zwölf Götter der Großen Tafel, verlangten, dass niemand außer ihnen den Sterblichen Auskunft erteilen darf.

Zeus hatte seine Entscheidung für den nächsten Tag angekündigt. Die Himmlischen sollten glauben, er benötige Zeit, um den Fall zu durchdenken, doch das tat er keineswegs. Er hatte erfahren müssen, dass wohlüberlegte und gegründete Urteile auf ebenso viel Beifall und Zustimmung stießen wie jene Anordnungen, die er ohne alle Kenntnis und nach Laune erließ. Wenn ein Mächtiger spricht, so seine Erfahrung, folgt die Masse widerspruchslos. Zeus jedenfalls verwandte keinen Gedanken an die misslichen Orakel, sondern legte sich auf sein Bett und gedachte der Töchter Agenors und Asopos', bemüht, sich ihrer Haut, ihres Haares und ihres Geruches zu erinnern. Er versuchte, sich der Namen der beiden Mädchen zu entsinnen.

Die schöne Tochter von König Asopos hieß Aigina, fiel ihm ein. Aber wer war die andere? Sie war die Tochter von Agenor, dem König von Kanaan, das wusste er, ihren Namen hatte er allerdings nie gehört. Als weißer Stier hatte er nicht viel Konversation mit ihr zu treiben.

Er hatte sie mit ihren Freundinnen entdeckt, eine entzückende Gruppe nackter junger Mädchen am Strand, und hatte augenblicklich den göttlichen Einfall, vor ihnen als ein possierlicher weißer Stier zu erscheinen. Und mit opalfarbenen Stierhörnern aufzutreten, dieser Einfall war ihm erst gekommen, als er bereits auf die Mädchen zutrabte und bemerkte, dass sie alle zwar ihre Kleider abgelegt hatten, aber nicht ihren Schmuck, der auf der nackten Haut leuchtete und glänzte. Rasch hatte er sich die opal schimmernden Hörner gesetzt, und tatsächlich, dieser Anblick brachte alle Mädchen dazu aufzuspringen, um ihn herumzulaufen, ihn zu streicheln und anzufassen und sich an ihm zu reiben. Was für ein schöner Vormittag, sagte er sich und schloss die Augen.

Der Name des Mädchens vom Strand, nun, er könnte Athene fragen, gewiss, aber seine kluge Tochter wüsste sofort, wieso er sich nach ihr erkundigte, und würde ihn, und möglicherweise sogar vor Hera, damit aufziehen. Nein, so wichtig ist der Name nicht. Und so schön wie ihr Hintern kann er gar nicht sein. Erschöpft und zufrieden schlief er bis in den späten Vormittag des nächsten Tages.

Nach dem Mittagsmahl an der Großen Tafel lud er sämtliche Götter des Olymp in die Große Halle, hieß sie Platz nehmen und bat die Sprecher der zerstrittenen Parteien, ihre Klagen und Wünsche vorzutragen.

Apollon erhob sich als Erster, aber er bat nur darum, sich entfernen zu dürfen.

»Wichtige, unaufschiebbare Geschäfte, Papa«, sagte er mit einem schiefen Grinsen.

Zeus vermutete, er wolle die Stunde, da alle Götter versammelt sind, nutzen, um einer ihrer Ehefrauen einen Besuch abzustatten, und er gewährte ihm huldvoll, den Rat der Götter zu verlassen. Dann begann die unendliche Suada der Götter, ihre erregte Litanei von selbstgerechten Beschuldigungen und bösartigen Unterstellungen, die ermüdend langwierig war, da einige der Götter im schwatzhaften hohen Alter waren. Zeus hörte ihnen kaum zu und schloss die Augen.

»Europa«, sagte er plötzlich halblaut, »sie heißt Europa.«

Der neben ihm sitzende Poseidon sah ihn verwundert an, doch Zeus schloss schon wieder die Augen. Er war sich sicher, dass die entzückende

Tochter Agenors Europa heißt. Er sollte ihr ein kleines Angebinde zukommen lassen. Vielleicht einen Opal in der Form eines Stierhorns? Das würde der Kleinen gefallen.

Zwei Stunden später, als alle Antragsteller gesprochen hatten, erschien Apollon grinsend im Saal und lächelte Zeus zufrieden an. Zeus nickte. Es war offenkundig, dass Apollon hübschere Stunden als er selbst verbracht hatte und ihm bald berichten würde.

Als es keine Wortmeldungen mehr gab und alle erwartungsvoll zu Zeus schauten, stand er auf, legte eine Hand an die Stirn und schwieg mehrere Sekunden mit geschlossenen Augen. Dann richtete er sich auf und sagte: »Ich will nicht verhehlen, dass mich diese ganze Vorhersagerei anwidert. Keiner von uns, keiner, weiß, was den Sterblichen wirklich bevorsteht. Die Einzigen, die es wissen, sind die Schicksalsgöttinnen, doch die Mädels schweigen. Also sind Eure Orakel Hokuspokus, ein fauler Zauber, mit denen Ihr den Leuten das Geld aus der Tasche zieht. Zudem schädigen diese Voraussagen das göttliche Mysterium und machen es banal. Ich werde Eure Orakeleien jedoch nicht verbieten, weiß ich doch, dass sie Euch Anbetung und Gaben der Gläubigen bescheren. Und nun hört das endgültige und ewiggültige Urteil. Erstens, jedes Orakel muss sich um Wahrheit bemühen. Zweitens, jedes Orakel ist der Wahrheit verpflichtet.

Drittens, der freie Wettbewerb der Götter untereinander wird zum Nutzen der Allgemeinheit nicht eingeschränkt. Und viertens …«

Zeus machte eine Pause, denn ihm war entfallen, was er als vierten und letzten Urteilsspruch verkünden wollte.

»Und viertens«, fuhr er fort, »die Orakel mögen den Göttern und Sterblichen zum Nutzen sein, den Wohlstand mehren und den Frieden sichern.«

Unzufrieden setzte er sich. Der vierte Urteilsspruch war der Verlegenheit geschuldet, sich nicht mehr daran zu erinnern, was er eigentlich sagen wollte, und er hatte in seiner Verwirrung zu einer nichtssagenden Redensart gegriffen, die er schon häufiger verwendet hatte.

Die Götter spendeten den gewohnten Beifall, einige mit grämlichen Gesichtern, da sie sich in ihren Hoffnungen getäuscht sahen.

Zeus hatte die Versammlung bereits geschlossen, als ein Tumult entstand. Die Boten von Hermes waren in den Saal gekommen und hatten ihrem Herrn Meldung erstattet, worauf Hermes sich erhob, noch einmal um das Wort bat und genüsslich und voller Schadenfreude mitteilte: »Ich hörte soeben von einem kleinen Ereignis in unserem Hellas, das für einige von uns von Interesse sein dürfte. Mein Freund Apollon war durch wichtige und unaufschiebbare Geschäfte verhindert, an der Versammlung teilzunehmen. Ich will Euch sagen, was für ihn so wichtig und unaufschiebbar war. Er hat in der Zeit, da alle Götter in dieser Halle versammelt waren und sich keiner auf Erden aufhielt, in jeder befestigten Stadt eines jeden Landes des Mittelländischen Meeres Orakelschreine des Apollon installiert und mit Priestern versehen. Insgesamt eintausendzweihundertundfünf. Grandios, verehrter Apollon. Chapeau! Eine erstaunliche Leistung in den zwei Stunden.«

Apollon lächelte geschmeichelt, die Götter tobten und schrien. Sie schüttelten die Fäuste gegen Apollon. Man äußerte den Verdacht, er habe den Urteilsspruch von Zeus zuvor erfahren, was Zeus empört zurückwies. Dann stand Apollon auf, sehr langsam und um die Würde eines Zeussohnes bemüht, und sagte: »Freunde, ich habe die Gunst der Stunde genutzt, ja, ich gestehe es. Wie wir alle wusste auch ich nicht, was Zeus endgültig und ewiggültig festlegt. Meine kleine Investition war ein Wagnis, ein durchaus gewagtes Wagnis. Aber andererseits ist etwas Vorausschau bei einem Orakel erlaubt und angebracht. Gehört zum Handwerk sozusagen.«

Er lächelte süffisant, und Zeus lachte laut auf. Diesen Sohn liebte er mehr als all seine anderen Kinder. Apollon war Fleisch von seinem Fleisch.

Die versammelten Götter protestierten vergeblich gegen den unverfrorenen Streich, und sie schieden in Unfrieden voneinander.

In der Folgezeit wurden die griechischen Länder mit Orakelschreinen vollgestopft. In jeder noch so kleinen Stadt gab es ein göttliches Orakel, und in den großen Städten fand man sie in jeder Straße. Die Priester der Orakel jedoch darbten, denn es waren ihrer zu viele und die Kunden feilschten um den Preis. Da man neuerdings ein Orakel an jeder Ecke bekommen konnte und nicht mehr tagelange Reisen dafür unternehmen musste, sah keiner ein, wieso er für einen solchen Einkauf ein oder zwei Talente hinblättern sollte, mehr als ein paar Drachmen wollte keiner mehr bezahlen. Ohne Rabatte zu gewähren, konnte kein Orakel weiterexistieren. Aus den früheren Bittstellern waren Kunden geworden, um die man werben musste.

Bald gingen die Orakel dazu über, ihre Weissagungen zu veröffentlichen, anfangs auf Wachstafeln, später auf billigem Papier, um sie den Vorübergehenden aufzudrängen und für ein paar Kupferstücke zu verkaufen. Man druckte die Meldungen und Neuigkeiten der hellenischen Welt, und dem Nachrichtenteil fügten die Priester die Weissagung für die nächsten Tage an, indem sie aus dem Gemisch von Ereignissen die möglichen Folgen für die gesamte hellenische Welt und den einzelnen Bürger zu schließen suchten.

Über dem dickgedruckten Namen des Orakelschreins hatten fast alle Blätter Worte von Zeus als verpflichtendes Motto gesetzt. Um die Wahrheit bemüht, las man da, oder: Der Wahrheit verpflichtet. Freier Wettbewerb zum Nutzen der Allgemeinheit, hieß es. Den Göttern und Sterblichen zum Nutzen, oder: Wohlstand mehren, Frieden sichern.

Die Priester der Schreine achteten bei ihren Prophezeiungen auf die Aussagen der konkurrierenden Orakel, passten eigene Vorahnungen dem herrschenden Trend an oder setzten sich im Gegenteil deutlich und unübersehbar von allen anderen ab, in der Hoffnung, sich im Fall einer korrekten Voraussage vor allen anderen hervorzutun und neue Kunden zu gewinnen. Es gab Gutscheine und Jahresabonnements für Orakel, für die der Kunde mit Werbegeschenken geködert wurde, man nahm Anzeigen des örtlichen Handwerks und der Reiseveranstalter in die Orakelblätter auf, um den Fortbestand des Schreins abzusichern, doch der Niedergang des Gewerbes war nicht aufzuhalten.

Bald meldeten die ersten Orakelschreine Insolvenz an. Alles wissend hatten sie den eigenen Bankrott nicht vorausgesehen, und daher verloren die Götter viel Geld, einige das gesamte Vermögen samt den Kollekten.

Der Ruin der ersten Niederlassungen der Orakel beschleunigte den Untergang der übrigen, zumal sich die Menschen immer weniger für die Vergangenheit und die Zukunft interessierten. Sie gaben ihr Geld für andere Dinge aus, Zukunftsdeutungen waren nicht mehr gefragt, wer Geld hatte, kaufte sich den Lethetrunk, kleine Fläschchen mit Originalabfüllung des Wassers der Lethequelle, das einem vollkommenes Vergessen und guten Schlaf garantierte.

Das Wort Orakel war den jungen Leuten mittlerweile nicht mehr geläufig. Sie kannten nur den Begriff »orakeln«, einen obszönen Ausdruck der Jugendsprache. Jemanden orakeln bedeutete, ihn in die eigene Falle laufen, in eine selbstgegrabene Grube fallen zu lassen oder mit den eigenen Mitteln zu schlagen. Im geschäftlichen Leben und bei sexuellen Kontakten bedeutete es, sich eines Freundes oder einer Freundin so zu bedienen, dass er oder sie die missbräuchliche Nutzung erst im Nachhinein bemerken konnte.

Allein Apollon hatte seine Orakelschreine beizeiten und noch vor der offensichtlichen Krise verkauft. Er hatte sämtliche seiner Wahrsagetempel einem Gastronomen übergeben, der in den umgebauten ehemaligen Schreinen unter dem Namen »Zum Orakel des Apollon« griechische Spezialitäten anbot. Apollon war als einziger der Götter ohne Verluste und sogar mit einem nicht unerheblichen Gewinn aus dem Fiasko herausgekommen, und fast mehr noch als der finanzielle Segen erfreute ihn der ruinöse Schaden der Götterkollegen.

Da Hermes ihn mehrfach fragte, wieso er im

Unterschied zu allen Göttern und Priestern der Zukunftsdeutung die kommende Katastrophe gesehen hatte, gestand er ihm eines Tages, dass er einen Tip von Klotho, einer der Schicksalsgöttinnen, erhalten hatte.

»Klotho hat dir etwas aus der Zukunft verraten?«, fragte Hermes fassungslos, »wie hast du das erreicht? Die drei Schicksalsgöttinnen haben doch nie etwas ausgeplaudert.«

»Nun ja«, lächelte Apollon, »wir wollen nicht darüber reden. Es wird Klotho nicht recht sein, und im Olymp bekomme ich nur Ärger, wenn es die anderen erfahren.«

»Kein Gott und kein Mensch wird je von mir etwas erfahren. Meine Lippen sind versiegelt«, erwiderte Hermes, »also sag schon, wie hast du das geschafft?«

»Ich habe sie«, sagte Apollon schließlich und unterbrach sich. Er überlegte, lächelte und fuhr dann fort: »Hermes, Lieber, weißt du, ich habe Klotho orakelt. Aber mehr verrate ich nicht.«

Zeus stellte der Ruin der Orakelschreine zufrieden. In der Trinkhalle konnte man wieder normale, ernsthafte Gespräche führen und es wurde nicht nur über Voraussagen, Schicksalssprüche und Deutungen der Zukunft debattiert. Mit Apollon und Hermes war er nun wieder tagtäglich beieinander, um die öffentlichen Angelegenheiten des Olymps und der Erde zu bereden und um sich neue Streiche auszudenken. Bei der erstbesten Gelegenheit erzählte Hermes ihm von Apollons Großtat, dass er Klotho orakelt habe und so über die Zukunft seiner Schreine Kenntnis hatte.

»Er ist uns allen über«, sagte Hermes arglistig und bissig, »pass auf, Zeus, dass er nicht eines Tages auch dein Chef ist.«

Zeus stutzte und betrachtete misstrauisch Apollon, hatte doch dieser Sohn wiederholt seine Befehle missachtet, seine über alles geschätzten und bevorzugten Waffenschmiede, die Kyklopen, erschlagen und seinen Bruder Tityos getötet. Und einmal hatte er sogar versucht, ihn selbst, seinen eigenen Vater, zu entthronen. Auch hatte er wiederholt junge Damen des Himmels und der Erde sich gefügig gemacht, von denen er wusste, dass Zeus selbst mit ihnen schlafen wollte. Apollon hatte sich jedes Mal wortreich und mit dem ihm eigenen Charme entschuldigt und Treue und Gehorsam für alle Zeiten gelobt, und immer wieder war es dem eleganten Herzensbrecher gelungen, den zornbebenden Zeus zu besänftigen.

Apollon beeilte sich auch diesmal, den allmächtigen Herrscher zu beschwichtigen.

»Sei unbesorgt, großer Zeus«, sagte er, »ich bin dir treu und loyal ergeben bis zum Tod.«

Als Apollon diese Worte aussprach, zuckte Zeus zusammen. Ihm war, als sei irgendwo im Firmament eine Saite gerissen und erfülle den gesamten Olymp mit einem bedrohlichen Ton. Vielleicht, sagte er sich, ist dieser Klang ein Orakel der Schicksalsgöttinnen, ein Spruch der grausamen, unbarmherzigen Schwestern, ein Vorbote des Unheils, das mir droht. Denn diese Worte, genau diese Worte hatte er zu seinem Vater Kronos am Morgen des Tages gesagt, an dem dieser ihn verschlingen wollte und er stattdessen Kronos erschlug: Sei unbesorgt, ich bin dir treu und loyal ergeben bis zum Tod.

Hermes spürte, dass eine bedrohliche, unangenehme Situation entstanden war. Er setzte sich zwischen Vater und Sohn, seine beiden Freunde, legte den Arm um ihre Schultern und stimmte leise ein Lied an. Zeus und Apollon fielen in seinen Gesang ein, und so saßen die drei in der Trinkhalle des Olymp, schlugen mit den silbernen Bechern den Rhythmus auf den Tisch und sangen: For he's a jolly good fellow, for he's a jolly good fellow.

Die Eisernen

Vor der Zeit lebten andere Menschen auf der Erde. Sie wurden erschaffen und vergingen, ein Menschengeschlecht nach dem anderen, bis endlich die Eiserne Rasse die Erde besiedelte, die sie bis zum heutigen Tag bevölkert.

Die ersten Menschen hießen die Goldene Rasse, geschaffen vom Urgott Kronos. Sie kannten die Arbeit nicht und lebten von den Früchten der Bäume, dem Honig der Bienen und der Milch der Schafe und Ziegen. Die Goldene Rasse alterte nicht, und den Tod fürchtete sie nicht. Ausgelöscht wurde sie, als Zeus seinen Vater Kronos in einem mörderischen Kampf vom Thron stürzte und ihn mit seinen Geschöpfen aus der Welt verbannte.

Der Goldenen Rasse folgte die Silberne, ins Leben gerufen von den neuen Göttern des Olymp. In der Silbernen Rasse waren alle Männer ihren Müttern untertan. Sie rodeten Wälder, machten das Land urbar und lebten vom Korn, das sie aussäten. Sie hatten das Feuer gezähmt und verstanden es, Gemüse zu garen und Brot zu backen. Sie liebten den Faustkampf und ein berauschendes Getränk, das sie aus Kiefern, Efeu und einem gärenden Honig, dem Met, herstellten, doch sie verachteten die Götter, und Zeus vernichtete sie.

Die Menschen der Bronzenen Rasse, die er daraufhin schuf, konnten aus Erzmineralen eine Kupferlegierung herstellen und mit ihr Ackergerät und kostbare Waffen. Sie verstanden es, Behausungen zu bauen, hielten Kühe und Schweine zu ihrem Unterhalt und lebten von Brot und Fleisch. Die von ihnen angefertigten Waffen verleiteten sie dazu, Kriege zu führen, und unablässig bedrohten sie die Nachbarn, fielen bei ihnen ein, mordeten und raubten. Sie ehrten allein ihre Waffen, und der Schwarze Tod raffte sie auf Geheiß der Götter hinweg, so dass keiner von ihnen überlebte.

Gott und die Götter erschufen nun eine neue Rasse, die gleichfalls bronzen war und alle anderen Rassen an Fertigkeiten übertraf. Was sie in den Handwerken und Schönen Künsten und Kriegskünsten leisteten, erstaunte selbst die Himmlischen, und sie beneideten die Sterblichen. Als diese sich selbst für gottähnlich hielten und sich anmaßend daranmachten, ein Himmelstor zu bauen, um den Olymp zu erobern, löschte Zeus sie mit einer großen Flut, die Menschen und die Tiere und alle Pflanzen vernichtete, aus.

Nach ihnen kam die Eiserne Rasse unserer Tage, die die Maschine erfand und für sich arbeiten ließ. Alles, was bisher Menschen geschaffen hatten, machten nun diese Maschinen, und die Menschen ergaben sich göttergleich dem Müßiggang. Doch was den Himmlischen ziemt, zerstört die Sterblichen. Die Eiserne Rasse wurde bald grausam und zuchtlos, sie achtete weder die Götter noch die eigenen Vorfahren. Sie schufen sich eigene Götter, die sie verehrten und auf den Thron setzten, und diese Götter waren von ihnen geschaffene Maschinen.

Bald glaubten die Eisernen allgegenwärtig zu sein wie die Götter, denn mit Hilfe der Maschinen konnten sie in einem Augenblick an jeden beliebigen Ort reisen, doch diese Hast nahm ihnen die Ruhe und die Ausgeglichenheit. In der Eile verloren sie den göttlichen Humor, und in ihrer ruhelosen Hast sahen sie nichts mehr von der Welt und verloren ihre Freunde.

Sie glaubten allwissend zu sein, da die Maschinen ihnen jede erwünschte Auskunft zu geben vermochten, doch ein nicht zu bewältigendes Übermaß an Details und korrekten, aber vollkommen sinnlosen Auskünften machte sie orientierungslos. In der Unendlichkeit der Nachrichten und dem Meer des Wissens irrten sie hilflos umher, verstanden nicht mehr, das Wichtige von dem Unwichtigen zu trennen, fanden sich in der Welt nicht länger zurecht, opferten Schlaf und Familie, um keine Auskunft zu versäumen, und verloren schließlich sich selbst. Und sie behaupteten dennoch, allmächtig zu sein wie die Götter.

Gott und die Götter ergrimmten wiederum. Da sie geschworen hatten, nie wieder die Menschen zu vernichten, noch sie und alles was lebt erneut in einer großen Flut zu ertränken, straften und verdammten sie die unersättlich machtgierigen Menschen zu ewigem Hunger.

Was immer die Menschen der Eisernen Rasse seitdem essen, es macht sie nicht satt, es steigert vielmehr ihren Appetit. Sie schlemmen den ganzen Tag und werden immer gefräßiger. Heißhungrig und habsüchtig verzehren sie den Reichtum der Welt, neidisch auf den gleichfalls alles verschlingenden, nimmersatten Nachbarn, und niemals können sie ihren grimmigen Hunger stillen. Ihre Gier wächst mit jeder Mahlzeit, und unersättlich greifen sie nach allem, womit sich der Bauch füllen lässt.

Doch ihre Begierde ist nicht zu befriedigen. Nie wieder, in aller Ewigkeit nicht, werden sie satt und glücklich sein. Und sie werden vergehen und sterben, wenn sie die Erde vertilgt haben.

Prometheus

Der Titan Prometheus, ein Bruder des Atlas und des Epimetheus, galt als der weiseste aller Götter und Göttersöhne. Als einst der erzürnte Zeus das Menschengeschlecht auszulöschen suchte, nicht weil er eifersüchtig auf dessen Fähigkeiten und Macht geworden war, wie die Sterblichen glaubten, sondern weil ihn seine Schöpfung reute und ihm nichtswürdig schien, da war es Prometheus, der ihn zu besänftigen verstand und die kleinwüchsigen Erdbewohner rettete.

Als Zeus ihn Jahrzehnte später nackt an das kaukasische Gebirge kettete, fernab von seinen geliebten und ihn verehrenden Menschen, und einen Geier, den Sohn des schrecklichen Typhon, zu ihm sandte, täglich von Prometheus' Leber zu fressen, die allnächtlich in der asiatischen Kälte ihm zu neuer Qual nachwuchs, da geschah dieses, wie Prometheus jedem Wanderer berichtete, der den an den Felsen Geschlagenen sah und beklagte, weil er das Feuer vom Himmel geraubt und den Sterblichen gebracht habe. Und als Zeus sich seiner erbarmte und nach dreißig Jahren oder dreißigtausend Jahren – der Gefolterte verliert seinen Sinn für die Zeit –, als er ihn endlich vom Felsen ließ, hatte der unsterbliche Prometheus lebenslang einen Ring aus dem Metall seiner Kette zu tragen, in dem ein kaukasischer Stein eingefasst war, auf dass Zeus, ungeachtet seines Erbarmens, den ausgesprochenen Schwur nicht brechen musste, den Ungehorsamen lebenslang an diesen Felsen zu schmieden.

Die Menschen begrüßten ihren befreiten Befreier. Um ihn zu ehren, trugen sie seitdem selbst Ringe mit Steinen, die sie stolz mit sich führten und nicht als Zeichen einer Demütigung. Der Ring galt ihnen als Emblem der Verbundenheit mit dem rebellischen und furchtlosen Prometheus, der den Göttern getrotzt hatte, und sollte ihre Verachtung für den grausamen und ihnen feindlichen Zeus bezeugen. Der Geier jedoch war ihnen das verächtlichste Tier der Erde, seit dieser Prometheus gequält hatte, und wo immer sich ein Geier sehen ließ, wurde er mit Steinen und Stöcken verjagt oder getötet. Der vom Felsen entlassene Prometheus hielt sich fortan in der Nähe der Sterblichen auf, erzählte ihnen von seinen Taten und dem letztlich ohnmächtigen Zorn des Zeus und erfreute sich der Liebe und Verehrung der Irdischen.

Zeus ertrug den Spott der Sterblichen und das ihn verhöhnende Geplauder des Prometheus. Er missbilligte schweigend die Reden dessen, der einmal sein Liebling war, und die aufrührerischen Gesten der Menschen und ihr wildes Gebaren gegen ihn übersah er mit Bedacht. In diesem Geschlecht hatte er sich getäuscht, was ihn mehr schmerzte als ihr würdeloses Auftreten und ihre schmählichen Reden, die ihn nicht zu kränken vermochten, aber ihre Bedeutungslosigkeit ihm anschaulich unter Beweis stellten.

Großes hatte er einst von ihnen erhofft, denn müde war er geworden des Himmels und der Kämpfe der Himmlischen und erwartete von dem Geschlecht der Irdischen, dass es in einer fernen Zukunft einen neuen Olymp begründe, wie er selbst vor Urzeiten dem vor ihm herrschenden Chaos die Zivilisation seiner Herrschaft abgetrotzt hatte. Das Feuer hatte er den Irdischen verwehrt und nicht gewollt, dass Prometheus es ihnen schenkt, denn sie selbst, die Menschen, sollten es sich erobern, sie sollten ein jedes und auch das Feuer der Natur ab trotzen oder den Göttern.

Zeus hatte die Sterblichen sorgsam beobachtet und ihr Bemühen, sich diese Erde untertan zu machen. Es war sein Wille gewesen, dass sie selbst die allmächtigen Gesetze erforschen, um sie sich nutzbar zu machen. Nichts wollte er ihnen schenken, denn Geschenke, derer man bedarf, weil man sie sich selbst nicht beschaffen kann, machen den Beschenkten klein und verächtlich. Wer sich nicht selber zu helfen versteht und abhängig ist von der Gnade eines anderen, sagte Zeus, bleibt ein Knecht, und wer seine Rettung von anderen erhofft, wird nie frei sein. Und so wollte Zeus, dass der Mensch sich und seine Welt selber erschafft.

Da Prometheus in seinen Plan eingegriffen hatte, den Menschen das Feuer gebracht und andere Gaben, sah Zeus sich in seiner Hoffnung getäuscht. An den kaukasischen Felsen aber schlug er seinen Liebling Prometheus nicht in dieser Verbitterung. Was seinen Grimm so sehr erregte, dass er vor allen Himmlischen schwor, Prometheus auf ewig zu strafen, war eine andere Tat des Titanen.

Vor der Zeit besaßen die Menschen wie die Himmlischen die Gabe, die Zukunft vorauszuschauen. Sie sahen von Beginn an ihr Heil und ihr Unheil, sie sahen die Liebe und den Schmerz, ehe sich ihr Schicksal erfüllte. Den Göttern gleich war das Künftige ihrem Auge stets gegenwärtig, und was sie sagten und taten, immer geschah es mit dem Wissen um das, was eintreten wird. Doch diese weit vorausgreifende Kenntnis, die den Göttern die Gelassenheit gibt, teilnahmslos das eigene Geschick und das der Welt zu ertragen, die Sterblichen verzweifelten an dieser Gabe. Das künftige Leid ließ sie klagen, ehe sie das Leiden ereilte, und das kommende Glück erfreute sie nicht, kannten sie doch bereits seine Folgen, die sie tränenreich beweinten, noch bevor sie das Glück erleben konnten.

Prometheus schmerzten die Klagen der vorausschauenden Menschen, und er ging zu Zeus, der ihm zu jener Zeit stets wohlgesinnt war, und bat um Abhilfe für seine Schützlinge.

»Was uns Göttern und Titanen gemäß ist«, sagte er zu Zeus, »es ziemt nicht den kleinwüchsigen Menschen. Sie ertragen nicht den Blick auf das Kommende, da sie sterblich sind und, anders als wir, den eigenen Tod und den ihrer Liebsten erblicken müssen. Was das Schicksal ihnen bestimmt hat, sie erdulden es, doch zu schwer ist ihnen, es vorausschauend auszuhalten. Nimm von ihnen, was ihr Leben so sehr beschwert und mühselig macht, dass es ihnen nichts wert scheint angesichts des Kommenden und sie es wegzuwerfen wünschen.«

Zeus schüttelte den Kopf. »Dein Mitleiden mit dem Geschaffenen, der Kreatur«, sagte er zu Prometheus, »ist eine Nachlässigkcit, dic cines Gottes unwürdig ist. Lass dir dein Auge nicht vom Mitleid trüben, Prometheus, auf dass du nicht selber blind wirst für das Künftige. Den Menschen aber werde ich die Gabe des Voraussehens nicht nehmen, denn Großes habe ich mit ihnen vor. Ich selbst war es, der sie geschaffen hat, auch wenn du dich dessen vor den Sterblichen rühmst. Ich schuf sie, und sie bedürfen aller Gaben, mit denen ich sie ausstattete, um zu werden, was sie sein sollen.«

»Doch warum, Zeus«, fragte Prometheus, »warum gabst du ihnen, was sie nicht ertragen können?«

»Das Tier weiß nichts vom Kommenden«, entgegnete Zeus, »es mag darum glücklicher sein, aber willst du deine Lieblinge, die die Erde bewohnen, dem dumpfen Getier gleichsetzen? Viel kann der Mensch bewirken und schaffen, er kann den Göttern gleich werden, aber den Preis dafür hat er zu zahlen.«

»Mich dauert ihr Leid«, sagte Prometheus, »und mich rühren die Tränen der Armen. Wenn du hartherzig bleibst, so werde ich sie von einer Gabe befreien, die ihr Maß überschreitet.«

Zeus lächelte. »Nein«, erwiderte er, »auch du kannst ihnen nicht nehmen, was ich ihnen gegeben habe. Du bist erfahren in der Astronomie und Navigation, beherrschst die Mathematik, Architektur und Metallurgie und übst die Medizin und andere nützliche Künste aus wie kein anderer der Himmlischen. Du konntest das Feuer vom Himmel rauben und den Menschen überbringen, was mir missfiel, wie du weißt. Du kannst ihnen weiterhin helfen und sie beschenken, wie immer es dir dein allzu mitleidiges Herz eingibt. Aber von den Gaben, die ich den Sterblichen schenkte, kannst auch du ihnen nicht eine nehmen. Das könnte selbst ich nicht. Und nun geh, du mitleidender Titan, und hüte dich, dass du nicht eines Tages Mitleid mit dir selbst haben musst.«

Aber auch der alles und weit vorausschauende Zeus erkannte nicht, dass es Prometheus gelingen würde, das Unmögliche wahr zu machen und eine Gabe, die Zeus selbst dem Menschen gegeben hatte, zu zerstören. Zurücknehmen konnte Prometheus sie nicht, doch er schenkte den Sterblichen etwas anderes, das diese beglückt und dankbar entgegennahmen, weil es die Gabe des Voraussehens auslöschte und sie zu trösten vermochte.

Prometheus, der kundige und findige Titan, hatte lange gegrübelt, wie er seinen Lieblingen beistehen könne. Die Ankündigung von Zeus, er habe Großes mit den Menschen vor, achtete er gering, allein ihr Leid wollte er ihnen erträglicher machen, und er fand schließlich einen Weg, das Gesetz zu umgehen und das Gesetzte. Den Sterblichen, die bereits die Furcht kannten, denn diese war ihnen mit der Vorausschau gegeben, brachte Prometheus jetzt die Schwester der Furcht, die Hoffnung.

Die Furcht war eine mächtige Kraft. In schwarzes Tuch gehüllt, saß sie düster und gradlinig, erbarmungslos und hartherzig auf dem Felsen Chronos, der die Erde überragt, und nie ließ sie sich auch nur das Geringste von dem abhandeln, was sie an Schrecknissen zu sagen hatte.

Die Hoffnung dagegen, ihre kleine Schwester, war ein scheinbar ohnmächtiges Wesen und von jedem Luftzug wurde sie hinweggehaucht. Sie war verspielt und lächerlich, buntscheckig gekleidet und immerzu geneigt, nichts ernst zu nehmen. Unbekümmert lebte sie in den Tag hinein, liebte den trügerischen Schein mehr als die unerbittliche Wahrheit, war um nichts besorgt und durch nichts zu ängstigen. Zusammen mit ihren Freundinnen, der Zuversicht und der Wehmut, war sie den ganzen Tag über beschäftigt, bunten Bällen hinterherzujagen. Das Ewige zählte ihr nichts, sie war ganz dem Augenblick zugetan.

Als Prometheus den Irdischen die Hoffnung schenkte, sah keiner der Sterblichen und gewahrten nur wenige der Himmlischen, welch eine mächtige Kraft er ihnen damit in die Hand gab, denn zu anspruchslos und nichtssagend schien ihnen die Hoffnung. Sie wirkte wie eine Handvoll geschnittener Blumen, bunt und wohlriechend, aber auch hinfällig und bald welk. Tatsächlich konnte der leiseste Windhauch die schönen Blütenblätter der Hoffnung zausen und vernichten. Und doch gelang es dieser ohnmächtigen Kraft, die Menschen ganz für sich einzunehmen, sich in ihnen auszubreiten und im gleichen Maß ihre Fähigkeit, alles vorauszuschauen, auszulöschen.

Was immer die Sterblichen von der Zukunft von nun an erblickten, es wurde überstrahlt von der schönen Hoffnung. Die Schrecken, die vor ihnen lagen, verschwanden hinter ihrem bunten Lichtschein, und alles, was ihnen die Furcht vorhergesagt hatte und was sie in den Zeiten zuvor von ihrer Zukunft erblicken konnten, nun wurde es unsichtbar und unerkennbar durch die Trugbilder der in ihnen leuchtenden Hoffnung. Von ihr geblendet und für das Vorhersehbare erblindet, waren den Menschen die Augen vor ihrem unvermeidlichen und unumgänglichen Geschick verschlossen worden. Noch immer wissen sie um den unvermeidlichen Tod ihrer Liebsten und das eigene Ende, ahnen die unumgänglichen Schmerzen in ihrem Leben, aber sie sehen die Schrecken und das Leid nicht mehr voraus und klammern sich stattdessen blind an die sie blendende und täuschende Hoffnung.

Ihrem Schicksal konnten die Menschen weiterhin nicht entgehen, weder war es ihnen gegeben, ihrem Unheil zu entfliehen noch ihrem Tod, doch Not und Unglück kamen ankündigungslos und bis zur letzten Sekunde verborgen im Licht jener Hoffnung, die nun in ihnen wohnte. Geblendet von ihrem Glanz und blind der Hoffnung vertrauend, wurden die Menschen augenlos für das Künftige und sahen schließlich nicht einmal mehr die kommende Stunde.

Und Zeus, um sein Vorhaben mit den Sterblichen betrogen, denn die von Prometheus Geblendeten würden niemals den Göttern die Herrschaft abtrotzen und einen neuen Himmel begründen können, Zeus schwor, den auf immer zu strafen, der seinen Plan vereitelt hatte, und schmiedete Prometheus an das unwirtliche kaukasische Gebirge.

Die Menschen aber ertrugen seitdem leichter das ihnen bestimmte Geschick. Sie vermissten nicht die Göttlichkeit, die Zeus ihnen zugedacht hatte, da sie nichts von ihr wussten, und lobten stattdessen ohne Unterlass ihren vermeintlichen Wohltäter Prometheus.

Die Schönste und der Krieg

Thetis war die schönste Tochter des Meeresgottes Nereus. Keine der Schwestern und keine andere Meeresnymphe war diesem Kind an Liebreiz und Grazie gleich, und wer sie erblickte, konnte die Augen nicht von ihr wenden. Ihr eigener Vater, der wasserbärtige und stets unzufrieden vor sich hin grummelnde Nereus, war von diesem Mädchen so entzückt, dass er die Tochter immer wieder sich auf den Schoß setzte, um sie mit kindischen und närrischen Spielen zum Lachen zu bringen. Diese Tochter liebte er über alles, und mit Grimm, der ihm das Herz schwer machte und seinen ehernen Brustkorb vor Erregung beben ließ, gedachte er des Tages, da ein bärtiger Bastardbengel in seinem Haus erscheinen und ihm dieses Juwel rauben werde.

Zeus hatte ein Auge auf diese ungewöhnliche Schönheit geworfen, aber Prometheus hatte ihn gewarnt und ihm das Ende seiner Herrschaft vorausgesagt, falls er sich auch diese Jungfrau gefügig mache. Nereus nämlich hatte geschworen, gemeinsam mit dem Zeusbruder Poseidon den Göttervater vom Thron und in den Tartaros zu stürzen, wenn er sich seinem Augenstern Thetis nur nähere. Und die misstrauische Hera, die Gattin von Zeus, hatte ihn gleichfalls vor diesem Mädchen gewarnt und ihm entsetzliche Strafen angedroht für den Fall, dass er sich ihr in welcher Erscheinung auch immer nähere.

Es war Peleus, der diese Blüte der Mädchen eroberte, oder vielmehr hatte Thetis sich für den schönen Helden entschieden, ihn in eine Meeresgrotte gelockt und so bezaubert, dass er nicht von ihr lassen konnte. Er bemühte sich Tag und Nacht, die Schöne zu umarmen, aber immer wieder verstand sie es, ihm auszuweichen, ohne ihn aus ihren Fängen zu lassen. Wenn er sie zu packen suchte, lief sie ihm lachend davon. Sie wurde zu Feuer und Wasser, um ihm zu entgehen, zu einem Löwen und zu einer Schlange, um ihn zu verwirren, verwandelte sich in einen Tintenfisch und einen Adler, um seinen Armen zu entschlüpfen.

Peleus ließ nicht von ihr ab, obwohl er verbrannt und durchnässt, mit Tintensekret bespritzt, zerhackt, zerkratzt und zerbissen war. Thetis zog ihn an und stieß ihn ab, sie spielte mit seiner Erregung und seiner Leidenschaft und genoss sein begehrliches Werben. Doch sie achtete darauf, dass ihr stürmischer Liebeskampf nicht zu laut wurde, verschloss mit beiden Händen seinen Mund, um den Brunstschrei des Bullen zu dämpfen, und biss ihm in die Schulter, um ihr Katzenjaulen zu unterdrücken. Sie wollte nicht, dass zu lautes Stöhnen ihren eifersüchtigen Vater Nereus herbeiriefe, der ihren auserwählten Liebhaber wohl augenblicklich ertränkt, durchbohrt, gevierteilt und aufgehängt hätte.

Die schöne, selbstbewusste Thetis nahm Peleus zu ihrem Ehemann und lud zu ihrer Hochzeit nicht allein die irdischen Freunde, sondern auch die olympischen Götter. Dem erstaunten Bräutigam sagte sie nur: »Wenn ich sie einlade, Peleus, werden sie kommen.«

Und sie kamen alle, die Freunde und die Götter, und beschenkten das Paar reich.

Als Jahre später die Himmlischen und die Achaier entschieden, dass Troja fallen müsse, und im Himmel und auf Erden sich alle auf diesen Krieg vorbereiteten, war Thetis empört. Sie hasste den Krieg, sie sah den Tod vieler junger Männer voraus und verbot ihrem Ehemann, an diesem mörderischen Feldzug teilzunehmen.

Verzweifelt sorgte sie sich um ihren Sohn Achill, der tapfer, schön und mutig war, aber ebenso kriegsbegeistert und sich von seiner Mutter dieses männliche Abenteuer nicht verbieten lassen wollte. Thetis ging bis zu Zeus, um den Krieg zu verhindern, aber der Mächtige hatte entschieden und ließ sich selbst von der schönen Thetis nicht umstimmen.

»Hüte dich«, sagte der um sie besorgte Peleus, »du kannst nicht gegen die Götter und das Schicksal ankämpfen.«

»Ich hasse den Krieg und bekriege ihn«, erwiderte sie, »ich will nicht meinen Sohn, meinen schönen und klugen Achill, in diesem dummen Kampf verlieren. Und er wird sterben, ich sehe es.«

Thetis ließ sich nicht abhalten und kämpfte weiter. Sie stürmte durch das Meer bis zu dem Gestade von Troja und erwartete dort die Kriegsflotte der Achaier. Als diese an der Küste aufkreuzte, tauchte sie aus dem Wasser auf, und die Männer auf sämtlichen Schiffen eilten an Deck, um die schöne Nymphe zu sehen.

»Achaier, tapfere Krieger«, rief sie ihnen zu, »ich weiß, diesen Krieg haben die Götter und eure Könige beschlossen. Ich kann ihn nicht verhindern, aber ihr sollt wissen, wer von euch als Erster von Bord geht und in diesen Krieg, der wird als Erster sterben. Ich schwöre es.«

Dann schnellte sie aus den Wellen empor, zeigte sich den stumm staunenden Männern in ihrer ganzen Schönheit und verschwand in den Weiten des Meeres. Zusammen mit Peleus beobachtete sie von ihrem Haus aus das Treiben der achaischen Krieger.

Die Heerführer und Soldaten waren verwirrt und sträubten sich, ihre Schiffe zu verlassen. Offiziere wie Mannschaften zögerten, von Deck zu gehen. Dem wiederholt ausgegebenen Befehl, das Land zu erobern und Troja zu stürmen, widersprach zwar keiner, doch jeder erwiderte: »Auf,

auf zum Kampf, Kamerad. Geh voran, wir folgen dir.«

Selbst Agamemnon und Menelaos, die beiden Führer des Heeres, waren unschlüssig und warteten ab. Der kampfwütige Achill, die beiden Ajaxe, der listenreiche Odysseus, der treue Patroklos und all die anderen Helden polierten unentwegt ihre Waffen und schienen mehr mit dem Anpassen der Rüstung beschäftigt zu sein, als dass sie Zeit fanden, in die Landungsboote zu klettern. Vier Tage lag die achaische Flotte reglos vor der Küste Trojas, keiner der Kämpfer machte Anstalten, das Land zu betreten, und die Trojaner sahen verwundert auf den gefürchteten Feind, den eine Gottheit scheinbar hatte erstarren lassen.

»Der trojanische Krieg findet nicht statt«, jubelte Thetis am fünften Tag, denn sie wusste, die Vorräte auf den Schiffen waren aufgebraucht, und da die Furcht die Achaier hinderte, trojanischen Boden zu betreten, mussten sie bald die Schiffe kehren und nach Griechenland zurücksegeln.

Doch in den ersten Stunden des sechsten Tages meldete sich der junge Protesilaos bei Agamemnon und teilte ihm mit, er werde dem Vaterland dienen und als erster Grieche trojanischen Boden betreten. Das Heer möge ihm unbesorgt folgen und die Heimat solle ihn, falls er tatsächlich den Heldentod finde, nicht vergessen. Agamemnon drückte ihn an seine Brust, schenkte dem jungen und noch bartlosen Mann wertvolle Beinschienen aus Bronze, einen ledernen Brustpanzer und drückte ihm seine eigene Stoßlanze in die Hand. Protesilaos legte die Hand auf sein Herz, und vor den Heerführern der Achaier grüßte er ehrfurchtsvoll die vor ihm aufgestellte Landesflagge und küsste sie. Dann sprang er vom Schiff herab und watete die wenigen Schritte durch das Wasser. Als er das feste Land erreichte, spaltete ihm Hektor mit einem einzigen Keulenschlag Helm und Schädel.

»Der trojanische Krieg hat begonnen«, sagte Peleus zu Thetis, »keiner konnte ihn verhindern, auch du nicht, meine Liebste.«

Thetis stand auf der Terrasse ihres Hauses und sah, wie in der Ferne die blutige, langwierige Schlacht um Troja ihren Anfang nahm. Sie dachte an ihren geliebten Sohn Achill, der in diesem Krieg fallen würde, und Tränen füllten ihre Augen angesichts der barbarischen Dummheit der Männer, die bereit waren, für einen Stofffetzen, für einen patriotischen Lappen ihr junges Leben wegzuwerfen.

Die Göttin des Vergessens

Im zehnten Jahr ließen die Kräfte nach und der große Zorn wich trägem Missmut. Die Waffen glänzten nicht mehr, sie wurden wenig gepflegt und selten gereinigt. Man scheute sich nicht, mit rostigem Gerät vor das Zelt zu treten, wenn das Horn geblasen wurde, und die Ermahnungen der Heerführer nahmen die zurechtgewiesenen Krieger mit verächtlicher Miene hin, wussten sie doch, dass die angedrohten Strafen nicht verhängt werden konnten. Viele der Kämpfer waren gefallen und noch mehr lagen verletzt in ihren Zelten. Unbrauchbar für die weiteren Schlachten warteten sie auf eins der Schiffe, mit denen neue Schwertkämpfer, die herangewachsene Jugend der Achaier, zum Strand von Troja gebracht wurden und auf denen die verletzten, zu unnützen Essern gewordenen Soldaten in die Heimat zurücksegeln konnten.

Die Disziplin im riesigen Heer der Achaier löste sich auf. Selbst mit drakonischen Züchtigungen konnte sie nicht erhalten werden, denn keine Demütigung kitzelte oder verletzte den Stolz der kampfmüden Männer. Sie nahmen selbst schlimme Kränkungen durch ihre Vorgesetzten schweigend und verdrossen hin, denn der trojanische Krieg schien ihnen nun aussichtslos und sinnlos und keiner von ihnen glaubte mehr an den immer wieder beschworenen Sieg. Allein mit Geschenken waren sie zu bewegen, bis in die vordere Linie zu marschieren und dort nicht allein um die eigene Sicherheit und Unversehrtheit besorgt zu sein, sondern sich dem Gegner zu stellen, auf ihn einzuschlagen und mit ihm bis zum Tod zu kämpfen. Diese Geschenke mussten ihnen die Führer der Schlachtreihen zuvor in die Hand geben, denn den Versprechungen auf eine reiche Kriegsbeute traute das in den Zelten bei den Schiffen lagernde Heer der Achaier nach den langen und entbehrungsreichen Jahren nicht länger.

Die Heerführer waren ratlos und die bewunderten Helden müde geworden und entkräftet. Nach den vielen Jahren der Arbeit des Schlachtens kannten die Gegner einander, erkannten sich an der Rüstung und den Waffen, wussten um ihre bevorzugte Kampftechnik, hatten ihre Listen durchschaut, und die einst gelobten und trickreichen Fallen, mit denen man im Zweikampf einen feindlichen und übermächtigen Schwertkämpfer in den ersten Treffen zu Fall bringen konnte, überraschten keinen mehr, nicht die Kampfgefährten und nicht den Gegner.

Zehn Jahre dauerte der Krieg bereits, ein Ende war nicht abzusehen, und die mitgeführten Goldreserven der Achaier schmolzen dahin.

Sie hatten einen verlustreichen Kampf geführt und wussten, dass sie selbst, aber auch der Gegner ruiniert waren und dass auf den, der einst an einem fernen Tag siegreich sein werde, keine reiche Beute wartete, sondern ein zerstörtes Land, ein hungerndes und den Sieger anbettelndes Volk sowie Krankheiten und Seuchen. Der so freudig und begierig begonnene Feldzug, für den sich anfangs mehr Männer eingeschrieben hatten, als der Oberste Heerführer Agamemnon zu brauchen meinte, so dass er die älteren und zu jungen Kriegswilligen mahnen musste, im Land zu bleiben, um Heimat und Frauen und Kinder zu schützen, dieser Feldzug war zu einem schmutzstarrenden, ekligen Brei von Blut, Dreck und faulenden Knochen geworden. Wenn das metallene Klirren der Schwerter und die Schreie der Wut in den Kampfpausen über den Feldern von Troja verstummten, hörte man das leise, aber durchdringende Wehklagen der Verstümmelten und das grässliche Brüllen aus den Zelten der Wundärzte, die den Verletzten mit Glüheisen die Wunden ausbrannten, die Gliedmaßen einrenkten oder amputierten.

Schlimmer als Tod und Verstümmelung, niederdrückender als die Erschöpfung, der Hunger und Dreck und die Sehnsucht nach Frauen war der verlorene Glaube. Auf beiden Seiten wusste man im zehnten Kriegsjahr nicht mehr zu sagen, um was man kämpfte, wofür man in diese Völkerschlacht gezogen war. Wenn neue Truppen der Achaier landeten und die jungen Leute begeistert von Agamemnons Helden schwärmten, Helena als schönste Frau der Erde rühmten und sich über den Verrat des Paris erregten, hörten ihnen die alten Haudegen verwundert und kopfschüttelnd zu.

Sie erinnerten sich dann, dass sie vor einem Jahrzehnt ausgezogen waren, um Menelaos zu rächen, Paris zu strafen, der das Gastrecht verletzt und besudelt hatte, und um Helena heimzuholen. Doch mit der verstreichenden Zeit waren ihnen diese Geschichten zu Kindermärchen geworden, von denen sie nichts mehr hören wollten.

Im zweiten Jahr, in dem man vor Troja lag, begannen die Soldaten Witze über Agamemnon zu reißen, Menelaos nannten sie einen Hahnrei und Helena, von der sie einst Tag und Nacht geträumt hatten, eine alt gewordene Vettel. Doch auch diese groben Scherze langweilten sie bald, schweigend und dumpf folgten sie den Befehlen ihrer Anführer, taten unwillig, was man sie hieß, und verstanden nichts von dem, was sie taten. Sie eiferten nicht mehr ihren einst verehrten Kriegsheroen nach, ihr Held war nun Palamedes, der das Würfelspiel erfunden hatte, mit dem man sich die Zeit zwischen den Schlachten vertrieb. An jedem Abend fragten sie sich, ob am nächsten Morgen wieder zum Angriff geblasen würde oder man den Tag am Strand des Meeres oder in den Zelten mit trägem, einschläferndem Nichtstun verbringen werde. Missgelaunt stellten sie sich nach dem Wecken vor das Küchenzelt, um die seit Jahren gleiche Tagesration abzuholen, ein warmes Getränk, einen Becher Wein und einen Kanten Brot. Da ihnen die Jagd verboten war, gab es selten Fleisch, und allein die Fische des Meeres, die sie mit Netzen, einer Angel oder der bloßen Hand fingen, waren die einzige Abwechslung in ihrer Kost.

Auch in Troja stand es nicht gut. Die Männer waren erschöpft und der einst unermessliche Reichtum war aufgebraucht. Die Stadtfestung hatte in den vergangenen Jahrhunderten durch Wegezoll, Lotsen- und Schiffsgebühren der im Hafen auf günstigen Wind wartenden Handelsschiffe große Schätze angehäuft, denn die Stadt am Hellespont war das Eingangstor zum Schwarzen Meer und damit die Pforte zu erfolgversprechenden Geschäften und Reichtum. Doch nun waren die Schatzkammern leer. Der langwierige, blutige Kampf hatte nach immer neuen Kriegern verlangt, und die verbündeten Dardaner, Thraker und Lykier ließen sich nur gegen gute Bezahlung für die Verteidigung der Festung am Hellespont gewinnen.

In Troja verfluchte man Paris und Helena, in denen alle die Schuldigen an der Belagerung ihrer Stadt und an dem unaufhörlichen Krieg sahen, der sie die Jugend und ihr Gold kostete. Über die mutigen und erstaunlichen Heldentaten des Paris auf den Mauern von Troja und vor den Stadttoren höhnten sie, und Helena wagte nicht mehr aus dem Haus zu gehen, da sie von der verarmten Einwohnerschaft beschimpft und bespuckt wurde.

Helena und Paris galten ihnen als die Ursache des Unglücks, ihre Liebe hatte den Krieg heraufbeschworen, sie waren schuldig am Tod der tapfersten Männer und die Quelle des nicht endenden Leids der Frauen und Kinder. Der Tod dieses Paares wurde auf beiden Seiten der trojanischen Stadtmauer insgeheim ersehnt und in den Gebeten von den Göttern erfleht. Die Ehre Trojas und die Würde des Königshauses starben in dem allgemeinen Elend der Stadt, und offen sprachen auch die angesehenen und würdigen Bürger Trojas davon, es sei besser, das schuldige Paar den Achaiern auszuliefern, um sie damit zu einem Abzug zu bewegen.

Einige Heerführer der Griechen und nicht wenige Mitglieder des trojanischen Königshauses nahmen heimlich Kontakt miteinander auf, um über einen Frieden zu verhandeln, und sie waren dafür zu fast jedem Verrat bereit, denn sie waren des Krieges müde. Beide verfeindete Seiten waren willig, auf Helena zu verzichten, jeder von ihnen hoffte, dass sie und Paris zur Hölle fahren, damit nicht ihretwegen weiterhin junge Leute sterben müssen.

Der Krieg war in die Kämpfenden eingedrungen, hatte sich in sie hineingefressen, so dass keiner mehr Freund und Gegner unterscheiden konnte und ein jeder allüberall Widersacher und Todfeinde sah.

Belanglose Auseinandersetzungen endeten in Schlägereien, die nicht nur mit den Fäusten ausgetragen wurden, sondern bei denen die Kontrahenten häufig zu den Waffen griffen. Die Wundärzte hatten mehr durch Bündnispartner verletzte Kämpfer zu heilen als Verwundete vom Schlachtfeld vor Troja. Nachtschlafend fuhren Soldaten von ihrem Lager hoch, griffen nach dem Schwert und erschlugen den neben ihnen ruhenden Kameraden im Glauben, es sei der Todfeind.

Der Wahnsinn griff auch nach den Helden und Heerführern. Als im letzten Kriegsjahr der Oberste Heerführer dem Kriegshelden Achill eins seiner Beutestücke, die schöne Briseis, wegnahm, und Achill ergrimmt den Kampfplatz verließ, sich in sein Zelt zurückzog und nicht mehr bereit war, mit den Achaiern gegen Troja zu kämpfen, brach auch bei den unteren Heerführern und den Helden die Disziplin zusammen. Täglich stritt man über die Entscheidung Agamemnons und Achills Zorn, vergessen waren Helena und Paris und es schien, als seien die Feinde nicht mehr in der Festung Troja, sondern unter ihnen, so zerstritten waren die Achaier untereinander und bekämpften sich erbittert. Seit Agamemnon Achill seiner Kriegsbeute beraubt hatte, war dieser für ihn der eigentliche Feind, und Tag für Tag wütete er in seinem Zelt gegen den Obersten Heerführer.

Und Ajax, der der Große genannt wurde, verfiel in Raserei, als Odysseus ihm eine Rüstung nahm, die er als sein Eigentum betrachtete. Vom Hass geblendet stürzte er mit gezogenem Schwert in eine Schafherde, in denen er die Freunde des verhassten Odysseus sah, und schlachtete sie. Den größten Widder der Herde, den er für den Heerführer Odysseus ansah, tötete er mit acht tödlichen Schwertstreichen und zerlegte das Tier unter lautem Geschrei in neun Teile. Als er aus dem Blutrausch erwachte und zur Besinnung kam, erschreckt und verwirrt die toten Schafe um sich liegen sah und das gellende Gelächter der Achaier hörte, die in einem gebührenden Abstand um ihn standen und es nicht gewagt hatten, dem Rasenden Einhalt zu gebieten, begriff er, was er getan hatte. Er pflanzte sein Schwert mit dem Griff in die Erde und stürzte sich dann in den blanken Stahl, ehe auch nur einer der Freunde ihn aufhalten konnte.

Die Götter selbst waren des Krieges um die Festung am Hellespont müde geworden. In all den Jahren hatten sie vom Olymp aus den Kampf der beiden mächtigen Heere verfolgt, hatten eingegriffen, um einen ihrer Günstlinge zu retten oder eine Missachtung zu strafen. Von allem Anfang an waren sie in diesem Streit der Irdischen und dem dann beginnenden Krieg untereinander uneins und bedrängten den allgewaltigen Zeus, dass er den endgültigen Sieg ihrer Partei zugestand. Hera und Athene verlangten, dass die Achaier zu siegen haben, damit die Ehebrecher Helena und Paris gestraft seien und die Ehe geheiligt werde, doch Aphrodite, Apollon und Poseidon wünschten ebenso heftig, er möge Troja und das Liebespaar schützen, um die göttliche Liebe zu segnen.

Doch auch ihre Kräfte waren im zehnten Jahr erschöpft, und mit Missmut betrachteten sie das irdische Geschehen um Troja und fühlten sich von den Gebeten ihrer Schutzbefohlenen und den Bitten um göttlichen Schutz und tatkräftige Hilfe durch die olympischen Götter belästigt. Die reichen Opfergaben nahmen sie noch immer begierig an, aber in ihrem Beistand wurden sie nachlässig und irgendwann vergaßen sie die Kämpfenden.

Und das Vergessen, diese unsichtbare, nie gesehene Göttin, die daher namenlos geblieben war, breitete sich über den gesamten Olymp aus und senkte sich auf die Erde nieder und bedeckte Troja und den Hafen und das Schlachtfeld mit seinem undurchdringlichen Dunkel.

Auf beiden Seiten der trojanischen Stadtmauer erhoben sich nach wie vor an einem jeden Morgen die Krieger, und wie in all den Jahren zuvor legten sie ihre Rüstung an und eilten aufs Schlachtfeld. Wie gewohnt schwangen sie die Schwerter und warfen die Speere und töteten, wen sie vorfanden, aber sie wussten nicht mehr, warum sie es taten. Nichts mehr wussten sie von der Ursache des Krieges, unklar war ihnen, wer ihr Gegner war und was diese blutige Schlacht bewirken sollte. Allein dass sie bis zu einem glücklichen oder bitteren Ende zu kämpfen hatten, war ihnen bewusst, und diesem Gesetz folgten sie. Und der Kampf tobte weiter, Jahr für Jahr, Jahrhundert für Jahrhundert.

Der Sänger des trojanischen Krieges hatte auch davon wahrheitsgemäß berichtet, doch alle, die ihm zuhörten, wollten nichts vom Vergessen und der sinnlos tobenden Schlacht wissen, und sie beschimpften und schlugen ihn. Der blinde Sänger erträumte sich daraufhin einen Sieg von Agamemnons Heer und erzählte statt der wahren Geschichte nur noch seinen Traum. In seinem bereinigten Gesang berichtete er von einem Ende der Schlacht, erzählte, wie mit einem Spielzeug, einem hölzernen Pferd, die Achaier angeblich Troja erobert hätten, und er dichtete einen weiteren großen Gesang, in dem er eine weltenweite Irrfahrt der siegreichen Helden erfand, eine Odyssee, die seinem Publikum erklären sollte, wieso das Heer und die gerühmten Helden nach dem angeblich gewonnenen Krieg noch immer nicht in ihre Heimat zurückgekehrt waren.

Die Schlacht um Troja wurde unerbittlich weitergeführt, doch der Krieg verschwand aus dem Gedächtnis und mit ihm die Krieger. Die Stadt Troja, die am Eingang des Schwarzen Meeres liegt, an der Meerenge, die einst Hellespont hieß und die wir heute die Dardanellen nennen, wurde von der Göttin des Vergessens so vollkommen umfasst, dass sie für uns unauffindbar ist. Doch noch heute und Tag für Tag kämpfen die Helden der Achaier um diese Stadtfestung und die trojanischen Krieger verteidigen sie.

Niemand rettet

Odysseus war listig, aber nicht klug. Und er war stark, aber das nur zur Hälfte, denn er konnte andere beherrschen, sich selbst jedoch nicht.

Als er und seine Kameraden in die Fänge des grausamen Kyklopen Polyphemos gerieten, vermochte er sich mit einer neuen Schlauheit zu retten, indem er dem Kyklopen weismachte, er sei Niemand.

Er gab dem Giganten Wein zu trinken und blendete dann den Schlafenden mit einem glühenden Holzpfahl. Dieser brüllte auf und rief nach seinen Freunden.

»Helft mir«, schrie er, »Niemand hat mir Gewalt angetan. Niemand hat mir mein einziges Auge genommen. Niemand muss bestraft und getötet werden.«

Die Kyklopen verlachten ihn: »Wenn dir niemand etwas tat, muss dir auch niemand helfen.«

Als Odysseus mit den Kameraden glücklich das Boot und das rettende Meer erreicht hatte, verspottete er den blinden Riesen. Stolz rief er ihm zu: »Höre, Kyklop! Der dir das Auge ausgebrannt hat, war Odysseus, König von Ithaka und Held von Troja.«

Polyphemos bat seinen Vater, er möge ihn, seinen schwer verletzten Sohn, rächen und Odysseus bestrafen. Poseidon versprach ihm diese Hilfe und in seinem Zorn trachtete der Meeresgott dem Helden von Troja nach dem Leben. Er schickte wild bewegte Wogen und Winde, so dass Odysseus' Boot ziellos durch die Wellen taumelte und völlig zerstört wurde, wobei alle Seefahrer außer Odysseus ertranken und der Held hungrig und halbtot durch die Welt irrte, zehn Jahre lang nicht seine Heimat Ithaka erblicken noch seine Gemahlin Penelope in die Arme schließen konnte.

Als Niemand hatte Odysseus den Giganten bezwungen, doch sein Stolz ertrug es nicht, niemand zu sein. Und dieser Stolz tötete seine Kameraden und führte ihn in die Irre und ins Unglück.

Der Drosselkönig

Ein einziges Schiff von seiner einst stolzen Flotte war Odysseus nach der Irrfahrt und all seinen Abenteuern verblieben, und nur wenige Kameraden hatten überlebt, als diese, um ihren Hunger zu stillen, auf der Insel Thrinakia Rinder schlachteten, die Helios gehörten, dem Sonnengott. Dieser bat Zeus um Bestrafung der Frevler, und Zeus zerstörte das letzte der Schiffe der Ithaker und tötete alle. Nur Odysseus gelang es, sich zu retten.

Neun Tage trieb er auf dem Meer, angeklammert an die Trümmer eines Floßes, das ein gütigerer Gott als Zeus am zehnten Tag nach Ogygia lenkte, wo der erschöpfte Odysseus an Land gehen und endlich schlafen konnte. Die Herrscherin dieser Insel, die Nymphe Kalypso, verliebte sich in den Mann und hielt ihn sieben Jahre in den Fesseln ihrer Liebe, bis sich der Olymp seiner erbarmte und Kalypso anwies, den schiffbrüchigen und heimatlosen Odysseus ziehen zu lassen. Mit einem Floß machte er sich auf den Heimweg, doch der nicht zu besänftigende Poseidon entfachte die Winde und den Sturm und zerstörte das brüchige Gefährt, und mit Mühe nur konnte Odysseus Scheria erreichen, die Insel der Phaiaken, und sein Leben retten.

Nausikaa, die Tochter des König Alkinoos, und ihre Gefährtinnen fanden ihn nackt am Strand, gaben ihm Kleider und brachten ihn zu König Alkinoos, der erfreut den großen Krieger und Helden von Troja empfing. Er versprach ihm ein seetüchtiges Schiff für die Heimfahrt, dessen Mannschaft aus seinen besten Leuten bestehen werde, doch zuvor möge Odysseus von dem Krieg und seiner Irrfahrt erzählen.

Alkinoos lud die zwölf Fürsten und den gesamten phaiakischen Adel ins Königsschloss und bat sie, den Gast nach Gewohnheit und Brauch mit Geschenken zu ehren. Er öffnete vor allen seine Truhen und schenkte Odysseus einen Mantel und Gold und Chiton, und der Adel des Landes folgte ihm und überhäufte den Helden von Troja mit wertvollen Gaben, mit Edelmetallen und Stoffen, glänzenden Schwertern und kostbar gearbeiteten Rüstungen.

Odysseus registrierte aufmerksam die Geschenke und ließ sie an Bord des bereitgestellten Schiffes bringen. Dann stellte er sich dem sportlichen Wettkampf mit den besten Kämpfern der Phaiaken und erstaunte alle durch seine Kraft und Geschicklichkeit. Als man sich danach zum Mahl an die Tische setzte, wurde der blinde Sänger gebeten, vom Kampf um Troja zu berichten, und Odysseus traten Tränen der Wehmut in die Augen, als dieser die Namen der Gefallenen in seinem Lied nannte.

Als der Sänger endete, bat Alkinoos seinen Gast, nun möge er selbst das Wort ergreifen und Bericht geben, und Odysseus erzählte zwei Tage und zwei Abende von der langen Schlacht um Troja und an den weiteren Tagen von seiner Irrfahrt, dem Verlust all seiner Kameraden und der zwölf Schiffe. An diesen Tagen war es still im Schloss, und alle lauschten dem Helden. Der blinde Sänger öffnete sein Herz und sein Gedächtnis für den Bericht des Odysseus, und Tropo, der junge Mundschenk des Königs, bemühte sich, lautlos die Gäste zu bedienen und nachzugießen, bevor er gerufen wurde, damit kein lautes Wort den Erzähler störe.

Als er endete, waren alle ergriffen und bewegt. Sie hoben ihre Becher und klopften mit ihnen laut und lärmend auf den Tisch. Alkinoos erhob sich, eilte zu Odysseus und umarmte ihn.

»Viele haben sich vor Troja einen unsterblichen Namen gemacht«, sagte er, »aber keiner kommt dir gleich, Odysseus, denn du hast, verfolgt von den strafenden Göttern, noch einen jahrzehntelangen Heimweg auf dich nehmen müssen. Vor allen Helden der Achaier, und ihrer sind nicht wenige, erstrahlt dein Name. Ich will dafür sorgen, dass du sicher und wohl nach Hause gelangst und so reich an Schätzen, wie es dir gebührt.«

Dann wandte er sich an die zwölf Fürsten und den versammelten Adel und sagte: »Die Geschenke, mit denen wir Odysseus begrüßten, liegen für die Heimfahrt bereit in Truhen auf seinem Schiff. Ich aber ermahne euch, den Helden, dem wir den Sieg verdanken, nochmals und reicher zu beschenken, dass er in Ehren daheim ankommt.«

Er öffnete erneut seine Truhen und nannte laut die Schätze, mit denen er Odysseus überhäufte. Dann wandte er sich an die Fürsten und den versammelten Adel und sagte jedem, was er zu geben habe, um den Helden des Vaterlandes gebührend und nach dem Brauch der Väter zu ehren. Schweigend hörten die Fürsten und der Adel dem König zu, mit gesenktem Blick vernahmen sie dessen Anordnung und vermerkten jeder für sich, was Alkinoos ihnen auferlegte.

Odysseus lauschte aufmerksam und mit Freuden. Er nahm die Gaben und versprochenen Geschenke gern an, da er zuvor alles verloren hatte, und er empfing es in dem Wissen, dass diese Schätze ihm zustanden. Er erhob sich, als Alkinoos einen jeden im Saal zu seinen Gaben verpflichtet hatte, dankte und bat, man möge ihm diese Geschenke am Mittag des nächsten Tages zu seinem Schiff bringen, denn er wolle nun unverzüglich nach Ithaka segeln. Mit diesen Worten verabschiedete er sich aus dem Ratssaal des Schlosses und ging in sein Schlafgemach, begleitet vom König selbst.

Als Alkinoos in den Saal zurückkehrte, ließ er den Versammelten einen letzten Schlaftrunk einschenken, doch bevor er den Trinkspruch aussprechen konnte, stand einer der Fürsten auf und bat um das Wort.

»Alkinoos, König und Herr, ich spreche für alle, die hier bei dir sitzen. Wir haben deine Worte gehört und was du von uns verlangst. Wir alle haben Odysseus bereits reich und nach Maßgabe unserer Kräfte beschenkt. Doch was du nun uns abforderst, übersteigt unsere Kraft. Nicht alle sind mit Schätzen so gesegnet wie du. Die geforderten Gaben werden einige von uns ruinieren, sie werden uns ins Elend stürzen, denn keiner kann das Geforderte geben, ohne sich und seine Familie zu beschädigen. Bedenke deinen Befehl noch einmal, Alkinoos, denn wir wollen künftig nicht in Armut leben.«

»Was ich gesprochen habe, habe ich gesprochen«, sagte Alkinoos verärgert und trank, da keiner den Becher erhob, allein seinen Wein aus, stand auf und verließ den Saal.

Eine Stunde nach Mitternacht schreckte er schweißgebadet aus dem Schlaf hoch. Hades war ihm im Schlaf erschienen, der Gott des Todes, und hatte ihm mit einem einladenden Handzeichen bedeutet, zu ihm zu kommen. Eilends ließ er seine drei Räte wecken und forderte sie auf, unverzüglich zu ihm zu eilen. Er erzählte ihnen von seinem Traum und dem, was im Saal vorgefallen war und dass die Fürsten und der versammelte Adel den

Abschiedstrunk verweigert hätten. Die Räte teilten seine Meinung, auch sie hielten dieses Verhalten der Fürsten für gefährlich, bedrohlich für den Herrscher und seine Herrschaft.

Einer der Räte meinte, er müsse den Befehl, den Helden nochmals zu beschenken, zurücknehmen, um nicht die Fürsten und den eigenen Adel zu reizen, denn dies könne für ihn tödlich enden.

Der zweite Rat widersprach und sagte, ein Widerruf sei ausgeschlossen, denn er würde dadurch vor Odysseus das Gesicht verlieren, im ganzen Reich würde man davon sprechen und künftig die Phaiaken und ihren König als wortbrüchig verachten. Die versprochenen Geschenke müssen Odysseus gegeben werden, anderenfalls habe das Wort des König weiterhin keinen Wert und das würde ihn letztlich die Herrschaft kosten.

Der dritte Rat sagte, das eine wie das andere sei für Alkinoos unannehmbar und tödlich.

»Ein Unfall«, sagte er schließlich, »nur ein kleiner Unfall unseres Gastes kann das Problem lösen. Wir werden dem Helden ein großes Begräbnis ausrichten, es wird teuer werden, aber uns nicht alles kosten.«

Unzufrieden wies der König die Räte aus dem Zimmer und bedachte seine Situation, als sein Blick auf den jungen Mundschenk fiel, der ihn bediente und an dem er so großes Wohlgefallen hatte, dass er des Nachts bei ihm zu liegen hatte.

»Was hast du, Tropo?«, fragte er, da er meinte, dieser habe etwas sagen wollen, »kennst du die Lösung, dann sprich.«

Der Mundschenk fiel auf die Knie, bedeckte sein Gesicht und sagte, er sei nur ein unerfahrener und unwissender Diener seines Herrn und könne nichts sagen. Klüger als die Räte sei er nicht, und weiser als Alkinoos sei keiner.

»Sprich unbesorgt, mein Liebling«, forderte der König ihn nochmals auf, denn ihm schien, der Knabe verberge etwas.

»Verzeihung, Herr, aber da Ihr mich auffordert, will ich sprechen. Heute Morgen, eine Stunde vor Sonnenaufgang, weckte mich Narlos, der Koch. Ihr hattet angeordnet, dass Euch und Odysseus heute Eure Lieblingsspeise serviert werden soll, die Drosselzungen. Die Jäger hatten drei Käfige mit Drosseln in die Küche gebracht, und ich und zwölf weitere Diener schnitten ihnen die Zungen für die königliche Mahlzeit ab. Danach kamen die Drosseln wiederum in den Käfig, wo sie bleiben, bis sie eines Tages, gebraten oder gesotten, gefüllt oder frittiert, auf Eure Tafel kommen. Daran dachte ich, als die Räte sprachen.«

»Ich versteh dich nicht. Sprich weiter.«

»Die Drosseln haben alle überlebt. Es waren mehr als tausend, deren Zungen der Koch für Eure Mahlzeit benötigte. Jede Drossel hatte einen winzigen Beitrag zu geben, aber keine starb. Sie zwitschern gewiss nicht mehr so heiter wie früher, aber sie leben.«

»Weiter, mein Junge, weiter«, forderte ihn Alkinoos auf, der ihm aufmerksam zuhörte.

»Was für eine Drossel zu viel wäre, tausend haben es geschafft. Wenn die Fürsten diejenigen, die ihnen untertan sind, bitten, ihnen bei dem Geschenk für Odysseus beizustehen, wäre das Opfer für jeden klein und erträglich, auch für die Fürsten.«

»Du besitzt einen guten Kopf, Tropo. Und du bist kühn. Wer hat dich unterrichtet?«

»Niemand, Herr. Ich habe keine Schule besucht. Ich bin nur der Sohn von Aristo, dem Färber in der königlichen Manufaktur, und seiner Frau Kora, die in der Nähstube arbeitet.«

»Du gefällst mir, Tropo. Du gefällst mir immer besser. Und nun geh, ich benötige dich heute Nacht nicht weiter.«

Der Junge stand schon in der Tür, als Alkinoos ihn zurückrief.

»Tropo, Junge, über deinen Vorschlag denke ich nach. Aber verrate mir, wieso du ihn machtest. Denn die Drosseln, die die Geschenke erbringen sollen, du gehörst zu ihnen. Du bist eine von ihnen, du und deine Eltern und Geschwister. Warum machst du mir einen solchen Vorschlag, der dich die Zunge kosten kann, meine kleine Drossel? Weißt du denn nicht, dass es bei den Drosseln heißt: Hüte deine Zunge?«

Tropo schaute zu Boden, dann hob er den Blick, sah den König an und sagte mit einem kleinen Lächeln. »Ich hoffe, der Drosselkönig zu werden.«

Der König lachte hellauf: »Ja, Junge, das sollst du werden. Wenn deine Idee morgen Beifall findet, dann warst du die längste Zeit mein Mundschenk. Dann werde ich deine Talente besser nutzen.«

Am nächsten Vormittag wiederholte Alkinoos die Worte vom Vortag und forderte die missmutig schweigenden Fürsten und den Adel auf, die Geschenke für Odysseus zu bringen. Aber diesmal fügte er seinen Worten noch einen Satz hinzu.

»Ich meine«, verkündete er den versammelten Edelleuten, »so viele Geschenke übersteigen die Kräfte eines jeden von uns, deshalb schlage ich vor, dass wir sie uns von den Bürgern unseres Reiches wiedererstatten lassen.«

Für einen Moment war es still. Die Fürsten und Adligen brauchten eine Zeit, diesen neuen Befehl zu verstehen, doch dann brach lärmende Zustimmung aus. Man jubelte Alkinoos zu und Odysseus, und alle machten sich auf den Weg, das Gewünschte zum Hafen zu schaffen.

Alkinoos trat zu dem blinden Sänger und sagte: »Hast du zugehört? Dann versäume nicht, darüber zu berichten, denn ich habe hier und heute eine neue Ordnung begründet.«

Nachdem Odysseus abgereist war, erinnerte sich der König seines kleinen Mundschenks, der ihn davor bewahrt hatte, das Gesicht oder seine Herrschaft zu verlieren. Er schickte Tropo, mit allem Nötigen wohlversehen, in die Schule nach Kreta, wo er mit den Kindern der Fürsten der Achaier ausgebildet wurde, um nach drei Jahren zu Alkinoos zurückzukehren. Er wurde einer der Räte des Königs, der seine Verwegenheit schätzte, die er von seinen Beratern und Gelehrten verlangte wie Kühnheit bei den Heerführern und Soldaten. Bald darauf ernannte er ihn zu seinem Geheimen Rat und wichtigsten Berater, und Tropo wurde auch von anderen Herrschern, von Kreta bis zum Taurusgebirge und dem Levantischen Meer, zum Geschäft der Staatsfinanzen und Währung befragt.

Zwei Jahrzehnte später veröffentlichte Tropo die »Sieben Wirtschaftsepisteln von Scheria«, die in der Ägäis und dem gesamten Mittelmeerraum geschätzt, gelesen und beachtet wurden, und Tropo galt seitdem als erster Ökonom der Antike, und er war auch der Erste, dem der Titel Wirtschaftsweiser verliehen wurde.

Die Heimkehr

Als Troja fiel, die Stadt am Hellespont auf dem Hügel Ilium vor den Bergen des Idagebirges, das seit der Vorzeit den Zugang zum Schwarzen Meer bewachte, und sich der Rache und Gnade seiner Eroberer, den Helden und dem Heer der Achaier, ergeben musste, erstarrte für Minuten und eine Stunde jedes Leben in Troas, der Landschaft zwischen dem Ägaischen und dem Marmarameer. Die Sieger und die Besiegten verharrten erstaunt und entsetzt in diesem Moment, in dem eine Zeit endete, die sie kannten, und etwas Neues begann, das sie schreckte, weil es ihnen unbekannt war und sie nicht wussten, was es einem jeden von ihnen bringen würde und wie sie sich in der neuen Zeit verhalten mussten. Die Menschen in und um Troja waren wie betäubt, ebenso ihre Streitrösser und Hunde, reglos waren die Tiere und Pflanzen, und selbst die Sonne stand still in dieser Stunde. Alles bemühte sich, zu begreifen, was geschehen war, und suchte nach einem erkennbaren Anhaltspunkt im Künftigen, um sich neu zu orientieren.

Lautlos waren die Griechen in der Nacht aus dem hölzernen Pferd gestiegen, schweigend durch

Troja geschritten, waren in die unbewachten Häuser eingebrochen und hatten den schlafenden Troern die Kehlen durchschnitten, den Männern, Frauen und Kindern. Dann hatten sie sich in der eroberten Stadt genommen, was ihnen brauchbar schien, und es auf ihre Schiffe gebracht. Was sie nicht mitnehmen konnten, zerstörten sie.

Helena war ihrem Ehemann Menelaos voll Furcht entgegengetreten, mit dem kühnen Trotz einer Verängstigten, und er hatte sie wortlos ergriffen und zu seinem Schiff geführt. Er sprach kein Wort mit ihr, bis sie Sparta erreichten.

Als die Schiffe der Achaier in See stachen und den Hellespont endgültig hinter sich ließen, war Troja nur noch ein Trümmerfeld mit Feuer und Rauch, in dem die das Massaker überlebenden Frauen, Kinder und Hunde umherirrten und nach ihren erschlagenen Männern, Vätern und Herren suchten.

Auch Odysseus und seine Männer von der Insel Ithaka machten ihre zwölf Schiffe seeklar und verließen auf ihnen den Hafen, in dem diese mehr als zehn Jahre lang vertäut gelegen hatten.

»Wir fahren heim«, hatte Agamemnon gesagt, ihr Oberster Heerführer, und Odysseus und die Männer von Ithaka wiederholten beständig diesen Satz. Doch der Sieg über Troja hatte sie mehr als die anderen verwirrt. Der Krieg war ihr Leben geworden, und sie wussten von keinem anderen

Leben und verstanden nicht, was diese Worte bedeuten sollten: Wir fahren heim. Sie hatten alles vergessen außer dem Krieg. Der Krieg war zu ihrer Heimat geworden, und sie glaubten, Agamemnon wolle sie nun zu einem anderen Ort führen, an dem der Krieg noch lebte und wütete und wo sie wiederum in die Schlacht gehen und das tun konnten, was sie gelernt hatten und wobei sie sich daheim fühlten. Der Krieg war das Einzige in der Welt, was sie verstanden, nur von ihm wussten sie etwas, in ihm kannten sie sich aus, von ihm erzählten sie, und so schrecklich er auch für sie war, er war ihnen vertraut, sie beherrschten dieses Handwerk und kannten seine unabwendbaren Gesetze, denen sie sorgsam gefolgt waren.

Als alle nun heimzufahren hatten, und sie nicht wussten wohin, denn den Krieg gab es nicht mehr, lenkten sie ihre Schiffe in den ersten Tagen der Fahrt in die gleiche Richtung, in der vor ihnen her die anderen Schiffe segelten, doch Wind und See trennten ihre Flotte bald von den anderen, und sie irrten ziellos über die Meere auf der Suche nach dem, was die anderen Heimat nannten.

Agamemnon und die übrigen Achaier glaubten, als die Flotte von Odysseus verschwand und nirgends mehr zu sehen war, die Ithaker seien vom Vergessen geschlagen worden, weil sie im Land der Lotophagen von den Lotosfrüchten gegessen hatten, die das Gedächtnis nehmen, oder die Götter und der Gott Poseidon straften Odysseus, weil dieser sie erzürnt hatte, als er den Kyklopen Polyphem blendete, einen Sohn von Poseidon.

Die Männer von Ithaka jedoch segelten auf ihren zwölf Schiffen weiter über die Meere auf der Suche nach ihrer Heimat. Sie segelten zehn Jahre oder zwanzig, denn auch die Zeit war ihnen verloren gegangen. Auf ihrer Fahrt kämpften sie mit den Kikonen und den einäugigen Riesen, den Kyklopen. In der Schlacht mit den menschenfressenden Laistrygonen verloren sie elf ihrer zwölf Schiffe, und nur wenige Männer der Flotte konnten sich retten.

Die Zauberin Kirke verwandelte seine Kameraden in Schweine und betörte Odysseus und verführte ihn, so dass er ein Jahr bei ihr blieb. Als Odysseus den Zauber lösen und endlich die Insel Aiaia verlassen konnte, trieben sie weiter auf dem Meer dahin und verirrten sich bis in den Hades. Sie verloren weitere Krieger in dem Strudel von Skylla und Charybdis, und alle anderen starben, als sie sich ausgehungert an den Rindern des Sonnengottes Helios vergriffen. Odysseus war der Einzige, der sich auf die Insel Ogygia retten konnte, wo sich die Nymphe Kalypso in ihn verliebte und sieben Jahre lang festhielt.

Erst bei den Phaiaken fand Odysseus Verbündete, die ihn ehrten und beschenkten und begierig seinem tagelangen Bericht über den trojanischen

Krieg lauschten und seiner Irrfahrt. Und als sie ihm von Ithaka erzählten, von seinem früheren Leben in seinem Königreich, von seiner Frau Penelope und seinem Sohn Telemachos, hörte er ihnen mit verhaltenem Atem zu, denn nichts von dem war ihm bekannt und vertraut, und aufmerksam lauschte er ihren Worten, war es doch seine eigene Vergangenheit und seine Heimat, von der sie sprachen. Schließlich drängte Alkinoos, der König der Phaiaken, Odysseus, er möge in seine Heimat segeln und dort all jene Freier vertreiben, die seit Jahren Penelope bedrängen und den Reichtum seines Landes verzehren, und er gab ihm ein neues Schiff mit einer neuen Mannschaft, die ihn nach Ithaka brachten.

Unerkannt ging er auf Ithaka von Bord, um seine alte, ihm nicht mehr vertraute Heimat zu erkunden. Der Sauhirt Eumaios war der Einzige, der ihn erkannte und sich an ihn erinnerte, ihn vor den gewalttätigen Freiern versteckte und seinen Sohn Telemachos zu ihm brachte.

Telemachos war noch ein kleines Kind, als sein Vater in Agamemnons Heer gegen Troja zog, und nun, da er seinem Vater nach mehr als zwanzig Jahren gegenübertrat, war er ein erwachsener Mann. Als der Sauhirt Eumaios auf Odysseus wies und zu ihm sagte, dieser sei sein Vater, eilte er auf Odysseus zu, umarmte ihn, küsste seine Wangen und barg sein Gesicht an dessen Schulter.

»Vater«, sagte er und wiederholte das Wort ein zweites und ein drittes Mal.

Odysseus war verwirrt. Der junge Mann missfiel ihm nicht, aber dessen Zärtlichkeiten waren ihm unvertraut und lästig. Er fasste seinen Sohn an den Schultern, schob ihn zurück und betrachtete ihn lange.

»Telemachos«, sagte er schließlich, doch es klang wie eine Frage, die er rasch und in dem Wissen, das er sich bei den Phaiaken angeeignet hatte, selbst beantwortete: »Ja, du bist mein Sohn Telemachos.«

Er wusste nichts weiter zu ihm zu sagen. Er wollte ihn fragen, wie er mit dem Schwert kämpft und wie weit und wie genau er den Speer wirft, denn das waren die Fragen, die er jungen Männern zu stellen pflegte, wenn sie zu ihm kamen, um unter seinem Kommando zu kämpfen, doch er war unsicher, ob dieses die Worte waren, mit denen ein Vater seinen Sohn zu begrüßen hat. So schwieg er und stammelte nur immer erneut: »Telemachos, mein Sohn.«

Telemachos dagegen war voller Freude, den Vater zu sehen. Er berichtete, wie es ihm und seiner Mutter ergangen war und wie ihr Land unter der Heerschar der Freier, die alle die Hand Penelopes und Ithaka zu erobern trachten, verwüstet wurde und verarmte. Dann eilte er in den Palast, um Penelope von der Heimkehr des Vaters zu erzählen und sie heimlich zur Hütte des Eumaios zu bringen.

Als sich die Eheleute nach einem halben Menschenleben zum ersten Male wieder sahen, waren beide befangen. Penelope betrachtete den von Schlachten und Wettern gezeichneten Odysseus, freute sich, dass ihr langes Warten ein Ende gefunden hatte und sie beide bald wieder in ihrem von den Freiern befreiten Haus vereint leben konnten. Erregt und fiebernd stand sie vor ihm und hoffte, Odysseus würde auf sie zukommen, um sie zu umarmen, aber dieser staunte sie fassungslos an. Er wusste nicht, was ihn mit dieser Frau verband und wieso sie seine Frau war und was es zu bedeuten hatte, dass sie seine Frau und er ihr Gatte war. Wenn ihm nach einer Frau gelüstete, so schlief er mit ihr, aber er verstand nicht, was ihn darüber hinaus an eine Frau binden und wieso er künftig mit dieser alten Frau zusammenleben sollte.

Verwirrt lächelnd grüßte er sie höflich, schaute dann zu seinem Sohn und dem Sauhirten und wusste nichts zu sagen. Er quälte sein Gedächtnis, aber auch bei den Phaiaken hatte man ihm nicht gesagt, wie er dieser Penelope gegenübertreten, ob er sie küssen und mit ihr schlafen sollte.

»Es war eine lange Zeit«, sagte er schließlich.

Penelope nickte: »Ja, mehr als zwanzig Jahre.«

»Eine Zeit voller Kämpfe«, sagte er und dachte daran, ihr von Troja und seiner Irrfahrt und den unendlich vielen Abenteuern zu erzählen, von denen er gern berichtete und denen man überall begierig lauschte, aber er war unsicher, ob es dafür der richtige Zeitpunkt sei und ob Penelope nicht anderes von ihm erwarte.

Hilflos sah er zu seinem Sohn.

»Vater« sagte Telemachos, der von dessen Verhalten irritiert war, »komm, Vater. Nimm deinen Bogen und die Pfeile, dass wir die Freier vertreiben.«

»Vertreiben?«, erkundigte sich Odysseus verwundert.

»Ja, vertreiben«, erwiderte Telemachos, »denn Penelope ist deine Frau und Ithaka ist dein Königreich.«

Odysseus nickte, denn genau das hatte ihm auch Alkinoos, der König der Phaiaken, gesagt.

»Ja«, sagte er und sprang auf, als erwache er aus einem Traum, »Penelope ist meine Frau und Ithaka ist mein Königreich.«

»Vertreibe sie«, wiederholte Telemachos, »töte die Eindringlinge, die unverschämten Freier, die sich an deinem Eigentum vergingen.«

»Töten, ja, töten«, rief jetzt Odysseus und schwang in Ermangelung eines Schwertes einen Holzknüppel des Eumaios, schlug in die Luft und auf den Boden. Seine Gestalt straffte sich und seine Gesichtszüge wurden lebendig wie bei einem Jüngling.

»Wo sind meine Waffen?«, rief er, »wo ist mein Bogen, wo meine Pfeile und das Kurzschwert?«

Eumaios brachte die verlangten Waffen, die er im Schweinekoben versteckt hatte, und Odysseus und Telemachos gürteten sich und zogen zusammen zu dem Palast, in dem einst Odysseus gelebt hatte und in dem nun die Freier zechten und grölten.

Odysseus betrat den Festsaal, in dem die unerwünschten Gäste tafelten. Er nannte seinen Namen, griff nach einem Pfeil, spannte den Bogen und tötete den ersten der Freier. Unbeirrt von dem Geschrei, den Klagen und Bitten der Männer tötete er einen nach dem anderen. Er war nicht mehr verwirrt und verstört. Er war daheim.

Die schöne Helena

Als das lange umkämpfte Troja fiel, drangen die Achaier in die Stadt ein, schlachteten, was immer sie lebend vorfanden, und plünderten die reiche Festung am Hellespont. Menelaos, der König von Sparta, suchte in dem zerstörten Palast des Paris nach seiner Gattin Helena, brachte sie auf sein Schiff und befahl ihr, sich unter Deck zu verstecken, denn zu viele Helden seien in dem Krieg um Troja ihretwegen gefallen und der Zorn auf die untreue Frau beherrsche die erschöpften Sieger.

Seit diesem Tag wurde Helena, die alle die Schöne nannten, nie wieder gesehen.

Vier Chronisten berichten von ihrem Ende:

Einer erzählt, Menelaos sei mit ihr nach Sparta zurückgefahren und habe sie in der Nacht in den Königspalast gebracht, damit die Verwandten der in Troja Gefallenen sie nicht steinigen. In der Abgeschiedenheit und Stille der Frauengemächer habe sie völlig vereinsamt gelebt bis zu ihrem Tod.

Ein anderer vermeldet, Orest, der ihr die Schuld am Tod seines Vaters gab und in ihr die Ursache für seinen Mord an der Mutter sah, habe sie mit dem Schwert töten wollen. Helena aber wurde von ihrem Vater Zeus gerettet, der sie in eine Wolke einhüllte und zum Olymp brachte, wo sie seitdem unsterblich lebt, vom Alter verschont wird und die Götter mit ihrer Schönheit bezaubert. In die Stadt Sparta jedoch kehrte – nach dem Willen der Götter – nur ein der schönen Helena gleichendes Phantom zurück.

Der dritte Chronist behauptet, dass Iphigenie Helena und Menelaos ergreifen ließ, als das Herrscherpaar das Land der Taurer besuchte. Sie habe beide in ihren Tempel auf dem Altar der Artemis mit einem bronzenen Messer der Göttin geopfert.

Der vierte der königlichen Schreiber verzeichnet in seiner Schrift, die Witwe Polyxo habe, um ihren toten Gatten zu rächen, ihre Mägde als Erinyen verkleidet, die grau gekleideten Töchter der Nacht, und diese zu Helena geschickt. Und Helena, die in aller Augen an diesem Krieg schuldig war, habe sich bei dem schrecklichen Anblick der vorgeblichen Erinyen mit einem seidenen Gürtel in ihrem Schlafzimmer erhängt.

In Wahrheit aber überlebte Helena, die Königin von Sparta, den Krieg um Troja und dessen Zerstörung. Sie kehrte an der Seite von Menelaos nach Sparta zurück. Mit den Jahren jedoch welkte die gepriesene Schönheit dahin, ihr bewunderter Körper war nun aufgedunsen, ihre einst bezaubernden Bewegungen wurden schwerfällig, die Stimme krächzend, das Haar verlor jeden Glanz und fiel aus, und die Haut war unansehnlich geworden wie bei einer Aussätzigen. Um aber als die schöne Helena, als die Frau, die alle Hellenen und die Bürger der ganzen bekannten Welt und selbst die Barbaren der ungeografischen Länder bewundert hatten, um die zehn Jahre lang vor den trojanischen Mauern gekämpft wurde und derentwegen zweiunddreißigtausend Krieger starben, um als diese schönste Frau der Welt für alle und für immer im Gedächtnis zu bleiben, versteckte sie sich, bevor sie alterte, und verschloss sich der Welt.

Im hohen Alter, sie überlebte selbst den alten Nestor, starb sie in dem abgedunkelten Zimmer, in dem es keinen Spiegel gab, das kein Besucher jemals betreten und das sie die letzten sechs Jahrzehnte ihres Lebens nie mehr verlassen hatte.

Das Geschenk der Phyllis

Demophon, der König von Attika, kämpfte zehn Jahre vor den Mauern Trojas um die entführte Helena, und er war einer der vierzig Helden, die schließlich im trojanischen Pferd verborgen in die Stadt eindrangen, die Trojaner abschlachteten und die Stadtmauern schleiften.

Auf der Heimfahrt ankerte sein Schiff an der Küste Thrakiens, um Trinkwasser, Getreide, Öl, Honig und Käse an Bord zu nehmen und die von den Stürmen zerschlissenen Segel zu flicken. Demophon ging an Land, um Sithon aufzusuchen, den König von Thrakien, und ihm vom Kampf um Troja zu berichten. Bei diesem Besuch lernte er dessen Tochter Phyllis kennen. Er verliebte sich in sie, hielt bei Sithon um ihre Hand an, heiratete das junge Mädchen und wurde nach Sithons Tod König von Thrakien.

Bald aber quälte ihn die Sehnsucht nach seiner Heimat, auch war er seiner Frau überdrüssig geworden, und so sagte er zu Phyllis, er wolle die alten Eltern in Athen besuchen und nach seinem Königreich Attika sehen. In weniger als zwölf Monaten werde er zurückkehren.

Phyllis, durch seine Lieblosigkeit misstrauisch

geworden, zweifelte an seinen Worten und war bekümmert, ließ ihn aber ziehen. Als er sein Schiff bestieg, reichte sie ihm zum Abschied ein Kästchen.

»Verwahr es gut, Liebster, und öffne es nie«, sagte sie, »öffne es erst dann, wenn du jede Hoffnung aufgegeben hast, zu mir zurückzukommen.«

Sie wartete ein Jahr und einen Tag auf ihren Mann. Da er nicht zurückkehrte, verfluchte sie ihn, ging in den Tempel ihrer Schutzgöttin, betete an den Stufen des Altars und opferte in ihrer Verzweiflung der Göttin das eigene Leben.

Zu ebendieser Zeit bereitete Demophon in der Heimat seine zweite Hochzeit vor. Er wollte die Tochter eines benachbarten, mächtigen Regenten zur Frau nehmen und an ihrer Seite in Attika und in dem neu erworbenen Königreich herrschen.

Das Abschiedsgeschenk seiner ersten Frau, das kleine Kästchen, hatte er vergessen. Als es ihm wenige Tage vor der Eheschließung unter die Augen kam, nahm er es auf und betrachtete die kunstvolle Arbeit. Ihn beunruhigten die letzten Worte seiner verlassenen Ehefrau Phyllis, doch schließlich ermannte er sich, lachte auf und sagte: »Ich werde dein Geschenk jetzt öffnen, Phyllis, denn zurückkehren zu dir werde ich nimmermehr.«

Er löste die kunstvolle, bronzene Schließe, hob den Deckel ab und wurde, als er sah, was sich in dem Kästchen befand, wahnsinnig. Wild zuckend stürzte er zu Boden, wobei ihm Schaum vor den Mund trat und er grässliche Worte brüllte, so dass man ihn in den Tempel des Asklepios und dessen Tochter Hygieia vor der Stadt verbrachte, wo er bis zu seinem Tod unter der Aufsicht von Pflegern lebte.

Vier seiner königlichen Räte standen in jenem unglückseligen Moment neben ihm, als er das verhängnisvolle Kästchen aufschloss.

Einer dieser Räte sagte den würdigen Mitgliedern des Areopags, im Kästchen habe sich ein Bild der thrakischen Königin Phyllis befunden. Die Erinnerung an seine verlassene Gemahlin habe seinen Herrscher derart verstört, dass er den Verstand verlor.

Ein anderer widersprach ihm und sagte, Tisiphone, eine der drei Erinyen und die Rachegöttin der Vergeltung, habe Demophon aus dem Kästchen entgegengeblickt und seinen Geist verwüstet.

»Es war alles ganz anders«, behauptete ein Dritter, »die Göttin Hera selbst war es, die Wächterin der Ehe. Sie hat ihn, als er den Kasten öffnete, den Phyllis ihm gab, mit ihrem Fluch belegt.«

Und der letzte der vier Räte berichtete dem Obersten Rat: »Das Kästchen war leer. Ich stand dem König in jenem Augenblick am nächsten, und ich konnte sehen, es war nichts darin. Es war vollkommen leer.«

»Aber was hat unser Herrscher gesehen? Was

hat ihn so erschreckt, dass er wahnsinnig wurde?«, fragten ihn die Männer des Areopag.

»Nichts hat er gesehen«, antwortete der vierte Rat, »Phyllis hatte zu ihm gesagt: Öffne das Kästchen, wenn du die Hoffnung zurückzukommen aufgegeben hast. Wissend um diese Worte und sie fürchtend, hat er ihr Geschenk geöffnet. Die Furcht raubte unserem König den Verstand.«

Die Männer des Areopags wiesen den Schreiber des Obersten Rates an, die Antworten aller vier Räte im Buch der attischen Könige zu verzeichnen und hinzuzusetzen: Wir alle sterben an dem, was wir fürchten.

Dendritis, genannt Dionysos

Da Dendritis von seinen leiblichen Eltern misshandelt wurde, die städtischen Behörden sprachen davon, die Eltern würden das Kind geradezu zerreißen, nahm man das Kleinkind aus der Familie und gab es zu Pflegeeltern. In der neuen Familie wurde er verwöhnt und gehätschelt, jedoch wie ein Mädchen erzogen.

Im Alter von zwölf kam er in ein Priesterseminar, bereits zwei Jahre später wurde er Kadett in der Militärakademie von Sparta. Die Priester hatten um diesen Wechsel ersucht, da der Heranwachsende ihren Anweisungen nicht folgte, sondern trotzig und verbissen schwieg, sich ihnen gegenüber verstockt zeigte und sich bösartig und aggressiv gegen die anderen Zöglinge verhielt. Zudem beharrte er auf befremdlichen religiösen Riten, was im Seminar als gotteslästerlich gewertet wurde. Dem Kadetten der berühmten, aber auch gefürchteten Heeresschule würde durch eine männliche Erziehung, so hofften die Priester und die Behörde, der Eigensinn gebrochen, auf dass die charakterlichen Mängel und das auffällige und verstörende Betragen des Jungen getilgt würden.

In den ersten beiden Jahren nahm er die harte

Ausbildung der Kadetten klaglos hin und die Vorgesetzten waren mit seinen Leistungen nicht unzufrieden, da er sich alles abverlangte und gnadenlos mit sich selbst war, doch beklagten sie, dass er sich von den Kameraden fernhielt und sich abweisend und arrogant gegenüber den Gleichaltrigen betrug. Freunde hatte er keine an der Schule, er mied den Umgang mit den Alterskameraden.

Im dritten Jahr änderte er ohne einen für die Ausbilder erkennbaren Anlass sein Verhalten. Er kümmerte sich um die neu eingetroffenen Jungen, bemühte sich um ihre Freundschaft und beteiligte sich zur Freude der Ausbilder an ihrer militärischen Erziehung. Die wildesten und unerschrockensten der neuen Kadetten scharte er um sich, und bald galt seine Gruppe als Elite, da die von ihm ausgesuchten und geschulten Offiziersanwärter nie klagten, begierig und voller Energie jeden Auftrag übernahmen und zur Zufriedenheit der Offiziere ausführten.

Dendritis, der sich den Kampfnamen Dionysos gewählt hatte, galt nun bei den Führern der Akademie als Muster eines Kadetten, er wurde wiederholt belobigt und ausgezeichnet und sogar zu den Beratungen der Führer der Akademie hinzugezogen. Bald jedoch häuften sich die Beschwerden gegen ihn, so dass die Schulleitung wiederholt über seine Ausbildungsmethoden zu sprechen hatte. Es wurde von unnötigen Grausamkeiten beim Drill gesprochen, von einer barbarischen Härte bei der Auswahl der Kadetten für seine gerühmte Truppe.

Als er vier Jahre später die Ausbildung beendete, zerstritt sich die Führung der Akademie über seine Beurteilung. Es gab ranghohe Offiziere, die ihn für ein militärisches Genie hielten und als Ausbilder an der Schule gewinnen wollten, andere, die ihn als ein Raubtier in menschlicher Gestalt ansahen, als einen uniformierten Mörder. Die vorgesehene und übliche Beförderung zum Ende der Kadettenzeit unterblieb, und er quittierte umgehend den Militärdienst. Mit seinem Abgang von der Akademie brachen drei Dutzend der Kadetten, seine vollständige Eliteeinheit, ihre Ausbildung vorzeitig ab und verließen mit ihm die Anstalt.

Unter seiner Führung zog die kleine Gruppe bewaffnet durch Hellas und bot sich Königen und Fürsten als Söldner und Freischärler an. Die Kämpfer waren bald in der ganzen Ägäis begehrt und als Feind gefürchtet, da sie alle zivilisierten Konventionen missachteten, von einer bestialischen Grausamkeit besessen waren und daher siegreich zu kämpfen verstanden.

Nach kurzer Zeit waren Dionysos und seine Männer auch hinter den Grenzen berühmt und begehrt. Als der Herrscher von Kreta sie auf seine Insel holte, um die eingefallene Heerschar der Lapithen zurückzuschlagen und ins Meer zu treiben, lernte Dionysos den in Hellas unbekannten Wein kennen. Er blieb mit seinen Männern ein Jahr auf Kreta, erlernte die Weinkultur und fuhr mit einer Flotte schwer beladener Schiffe zurück, auf denen er nicht allein Weinfässer, sondern auch Reben nach Hellas brachte, um dort den Weinanbau einzuführen.

Die Weinrebe wurde fortan zu seinem Banner und Siegeszeichen. Vor jeder Schlacht erhielten seine Männer Wein verabreicht, damit sie, im Rausch befangen, keinerlei Hemmungen kannten und mit Genuss mordeten. Sie nannten sich selbst die Sorgen- und Knochenbrecher.

Auf weinrebenumkränzten Wagen reiste Dionysos mit seinem Gefolge durch ganz Hellas zu den Schlachten. Ohne jedes Reglement, in fantastischen Uniformen, zusammengewürfelt aus den Trophäen der Plünderungen, zog der bunte Haufen von Stadt zu Stadt. Die Truppe kämpfte nach Belieben und schien sich nach Gutdünken zusammenzufinden. Der erfolgreichste Schlächter übernahm nach einem Gemetzel für Stunden das Kommando, um es nach der nächsten Schlacht lachend demjenigen Mordbuben zu überlassen, der sich im Blutrausch hervorgetan hatte.

Dionysos und seine Truppe verstießen gegen alle ehernen Grundsätze des militärischen Codex, wie sie auf der Militärakademie gelehrt und seit Jahrhunderten in den Kämpfen beachtet wurden.

Die jahrhundertelang gültigen Gesetze der kretischen Meeresgöttin, die den Männern das Verhalten im Frieden und Krieg bestimmte, festgeschrieben im Kretischen Vertrag, verwarf Dionysos als verächtlich und setzte für seine Gefolgsleute die neue Regel, nach der sie nichts im Kampf behindern und einschränken darf. Ein würdevolles Verhalten im Kampf, die männliche Ehre der alten Krieger und ihr diszipliniertes Verhalten verlachte er und ordnete an, seine Truppe habe sich ganz ihrer Laune hinzugeben. Fortan machten sie keine Gefangenen, da sie der kämpfenden Truppe lästig waren, sondern töteten, wer in ihre Hände fiel. Sie mordeten Greise, Frauen und Kinder, selbst Säuglinge massakrierten sie. Vergewaltigung und Raub waren erlaubt und geboten, und man rühmte sich der vorteilbringenden Lüge und jeder Heimtücke im Kampf. Seine Männer wies er an, den Gegner in jeglicher Form von Grausamkeit und Bosheit zu übertreffen, und wer aus seiner Truppe ein menschliches Mitgefühl zeigte, kam vor das Kriegsgericht.

Der Krieg war zum rauschhaften Blutvergießen geworden, einem unaufhörlichen Gemetzel, der Mord zum Trinkgelage, das Abschlachten zur Orgie. Ekstatisch feierte man die Schlacht, trunken und im Weinnebel. Das Leben und Kämpfen bedeutete für die dionysischen Truppen ein fortwährendes Fest.

Der Schrecken und die Furcht zogen vor ihnen her, lähmten den Gegner und stürzten die Bewohner der Städte und Dörfer in Verzweiflung. Die grenzenlosen Grausamkeiten sicherten die Erfolge des Dionysos und festigten seinen Ruhm. Er galt als unbesiegbar. Da sich keiner gegen ihn wehren konnte, unterwarf man sich ihm, und in verzweifelter Todesangst verehrte man ihn und betete ihn an wie einen der Götter.

Der Wein des Dionysos war bald bei Freund und Feind begehrt, weshalb immer mehr kampfbereite Männer und Frauen zu seiner Truppe stießen. Vor großen Schlachten ließ er Weinfässer in die umkämpften, ausgehungerten Städte bringen, auf die sich die Männer und Frauen begierig stürzten. In einen ungewohnten Rausch versetzt, spielten sich die seltsamsten Schauspiele vor und während der Schlacht ab. Die gegnerischen Soldaten schlachteten ihre Mitkämpfer, Mütter mordeten ihre Kinder, Frauen ihre Ehemänner, um schließlich, wenn der Rausch verflogen war und sie ihrer Taten gewahr wurden, wahnsinnig zu werden oder sich selbst zu töten. Andere liefen zu Dionysos über, um sich weiterhin berauschen zu können.

Dionysos war sechsunddreißig Jahre alt, als er in allen mittelländischen Ländern gefürchtet und verehrt wurde. Sein gewaltiges Heer zog, Orgien feiernd, durch Hellas. In allen Ländern des mittelländischen Meeres lehrte Dionysos die Kunst des Weinbaus, und er wurde geliebt und geschätzt, und wer ihn nicht liebte, fürchtete ihn. Er gründete

Städte, baute Brücken, schuf neue Gesetze, stiftete eine neue, eine bacchantische Religion, erklärte sich selbst zu einem olympischen Gott, den man zu ehren und dem man zu opfern hatte.

Mit seiner gewalttätigen, mordlüsternen Armee zog er durch die bekannte Welt bis nach Indien. Er und seine Männer beschenkten und mordeten nach Belieben, sie waren die Herren über Leben und Tod, und Dionysos war ihr Gott.

Nachdem er in der ganzen Welt seine Anbetung erzwungen hatte, stieg er in den Himmel auf und nötigte die Himmlischen, ihn als Gott anzuerkennen. Es heißt, er sei einer der zwölf Götter der Großen Tafel, nachdem er Hestia, die milde Göttin der Familie und des Herdfeuers, mit heimtückischer List vom Tisch vertrieben hatte, und er lenkt nun von dort her die Geschicke der Welt, trunken und in dem rasenden Rausch des Bacchanten.

Der göttliche Verführer

Ihre Hochzeitsnacht verbrachten Hera und Zeus auf der Zypresseninsel Samos in der östlichen Ägäis. Zeus hatte diese Insel mit Bedacht gewählt, denn die Winter an der ionischen Küste Kleinasiens sind mild, die Sommer warm und trocken, und daher war dieses Land ihrer ersten Hochzeitsnacht förderlich, da diese dreihundert Jahre dauerte.

Nach dieser langen Nacht kehrte Zeus zu seinem ausschweifenden, wollüstigen Leben zurück, das seine Mutter Rhea beklagte und vor dem sie die Braut vergeblich gewarnt hatte. Er stellte wiederum den Frauen nach, den himmlischen und den irdischen, achtete nicht Gesetz und Ordnung und respektierte auch nicht die Grenzen, welche Freundschaft und Verwandtschaft dem Begehren setzen. Er nahm sich jede, nach der ihm gelüstete, und wartete nicht ab, bis sein Werben Erfolg hatte, nahm sich vielmehr die zögernde Auserwählte mit List und auch Gewalt. Ihm behagte es, metamorphos zu lieben und sich den Auserkorenen in den unterschiedlichsten Gestalten zu nähern, um sie zu überraschen und zu einem Beischlaf zu nötigen.

Vor Hera verbarg er nur nachlässig diese Affären, schien es sogar darauf anzulegen, dass sie über jedes seiner Abenteuer unterrichtet wurde. In seiner Kleidung fand sie Billets, zerrissene Briefchen, Rosenknospen, wundervoll geformte Muscheln und andere verräterische Verweise auf seine Damenbekanntschaften. Stolz berichtete er ihr von den nicht mehr zählbaren Söhnen und Töchtern, die er im Himmel und auf Erden gezeugt hatte und denen er väterlich mit Geschenken und gewichtigen Ämtern in seinem Reich den Lebensweg ebnete.

Wenn Hera ein Abenteuer des Gatten entgangen war, so konnte sie sich darauf verlassen, dass ihre Freundinnen sie alsbald darüber unterrichten würden. Denn alle Göttinnen neideten Hera den mächtigen Ehemann und unterließen nichts, um, unter dem Mantel angeblicher Zuneigung und freundschaftlicher Verbundenheit, ihr alles mitzuteilen, was sie kränken und verärgern musste, hofften sie doch, dass Hera in ihrem Zorn eines Tages Zeus so erbitterte Vorwürfe machen würde, dass er sie verlassen und strafen müsste und eine andere Göttin für den Thron des Olymp auswählte.

Hera jedoch hielt sich zurück. Sie fühlte sich vernachlässigt und nicht mehr begehrt, aber sie wusste, dass sie dem allmächtigen Gott nicht mit Vorwürfen und Beschuldigungen entgegentreten durfte. Sie litt still und erlaubte sich nur selten, über ihren Gatten zu klagen. Wenn Zeus die Verzweiflung in ihren Augen sah und den Kummer, den er ihr bereitete, schüttelte er nur unwirsch den Kopf und ging seiner Wege.

»Ich bin Zeus«, hatte er ihr einmal erklärt, womit für ihn alles gesagt und entschuldigt war.

Es gab seltsame Merkwürdigkeiten, die sie verwirrten, denen sie jedoch nicht nachging und die sie nicht aufklären wollte, weil sie weitere Kränkungen fürchtete. Einige Göttinnen, aber auch irdische Weiber, denen Zeus beigewohnt hatte, heirateten später und wurden anlässlich der Eheschließung von Zeus mit Geschenken überhäuft. Doch die Bräute bekundeten, sie seien jungfräulich in die Ehe gegangen, und die Verwandten und der Ehegatte bestätigten dies. Auch gab es immer wieder Streitigkeiten unter den männlichen Göttern und Heroen, da einige von ihnen die Vaterschaft bei Kindern beanspruchten, die Zeus als seine Töchter und Söhne ansah und den Himmlischen präsentierte. Keiner der Göttlichen und nicht einer der Sterblichen beharrte allerdings darauf, dass nicht der große Zeus, sondern er um die wahre Vaterschaft wisse. Zu mächtig und jähzornig war der Göttervater, als dass es ratsam war, ihm zu widersprechen, doch im Verborgenen bestritt man diese und jene Vaterschaft von Zeus, und die sich nachträglich erweisende Jungfräulichkeit der jungen Damen, denen Zeus beigewohnt haben wollte, gab auf dem Olymp zu verborgenem Spott und geheimem Gelächter Anlass.

Als Zeus von diesen Gerüchten hörte, zürnte er nicht, beschenkte vielmehr überreich diejenigen Knaben und Mädchen, die er als seine Kinder ansah, und verlieh ihnen Fähigkeiten und lehrte sie Künste, die nur seinen Kindern zustanden. Auch gab er ihnen Ämter, die allein Zeus zu vergeben hatte, um seine Vaterschaft auf dem Olymp und vor aller Welt zu offenbaren. Die Frauen, so verkündete er im Olymp, mit denen er diese von ihm anerkannten Kinder gezeugt habe, seien selbstverständlich noch immer Jungfrauen, da sie unbefleckt empfangen hätten, wenn er bei ihnen lag, und damit beendete er das Gerede und die ihn kränkenden Spekulationen über seine Manneskraft.

Es vergingen Jahrzehnte, ehe Hera das Geheimnis von Zeus erriet und entschlüsselte. Kleine, unbedachte Bemerkungen des Gatten sowie ihr aufmerksames Registrieren verräterischer Gewohnheiten, die ihr durch die Nähe zu ihm auf Dauer nicht verborgen bleiben konnten, gaben ihr schließlich die Gewissheit, dass ihr Mann nicht der große lüsterne Liebhaber war, wie er es vorgab.

Noch immer wollte er der begehrte oder gefürchtete Freier und Verehrer aller Frauen im Himmel und auf Erden sein, aber sein Interesse war erlahmt. Oder die drei Großen Schwestern, Klotho, Lachesis und Atropos, die schweigenden, aber allmächtigen Schicksalsgöttinnen, denen nicht allein die Sterblichen, sondern auch alle Götter und selbst Zeus untertan sind, hatten insgeheim ein Urteil über ihn gefällt und ihm die Manneskraft genommen.

Ihm lag wenig an der körperlichen Vereinigung mit einer Frau, diese Neigung hatte er rauschhaft ausgelebt, nun reizte ihn anderes. Zwar wollte er weiterhin der mächtige und unwiderstehliche Verführer sein, aber der Beischlaf war nicht mehr länger das eigentliche Ziel seiner Werbung. Allein das Verführen, das Überreden, das Gewinnen einer Schönen war nun die Verlockung, das Objekt seiner Begierde.

Wie in seiner Jugendzeit genoss er es, sich zu verwandeln, um in anderer, unerwarteter Gestalt vor dem Mädchen zu erscheinen, um sie damit zu gewinnen oder zu zwingen, sich ihm zu ergeben. Als ein zerzauster Kuckuck oder brünstiger Stier, als schlanke, muskulöse Schlange oder als rosige Muschel, als betörender Regenschauer von Gold oder unscheinbare Wachtel, als Doppelgänger und Spiegelbild des eigentlichen Gatten der Begehrten oder als entzückendes Tierbaby, das eine jede Frau an ihren Busen zu drücken suchte, als ein edel sich aufbäumendes Pferd oder als der raue Nordwind, der die geschlechtsreifen Mädchen verführt, sich zu entblößen und die Brüste und den geöffneten Schoß dem anstürmenden Rasen und Toben entgegenzustrecken, als ein heißer, brüllender Bulle oder stolz dahingleitender Schwan, als ein hilfloses

Kleinkind oder als der nächtliche Gewittersturm, bei jeder Frau versuchte er sich in einer andren Gestalt. Wiederholungen vermied er, in den Erzählungen über ihn wollte er durch Originalität beeindrucken, und somit verbot sich ein zweiter Auftritt selbst in einer erfolgreichen Maskerade. Er wollte die Damen gewinnen oder zwingen, sie erobern oder gegen ihren Willen sich gefügig machen, doch sobald er am Ziel seiner Wünsche war und die junge Frau vor ihm lag und ihn, willig oder verzweifelt, erwartete, ließ er von seinem Opfer ab und verschwand, um alsbald in vertraulicher Götterrunde von seiner neuen Eroberung zu berichten.

Es war die Verführung und nicht die Verführte, die ihn reizte, die Maske erregte ihn mehr als der weibliche Körper, das Erobern war ihm wichtiger als die Eroberte. Er genoss es, wenn das Mädchen, die junge Frau, die aufblühende Göttin sich ihm bereitwillig oder in aussichtsloser Lage schließlich ergab, doch er ergriff nicht mehr die zum Greifen nahe Frucht. Die erwartungsvolle Angst in den Augen der Frauen, das begehrliche Glitzern in ihren Blicken, der lüstern gebogene Körper, die sich öffnenden Schenkel, das erregte ihn nicht nur, es war für ihn die Erfüllung seiner Sehnsüchte.

Der eigentliche Liebesakt, die körperliche Vereinigung war ihm lästig geworden, doch hörte er noch immer gern die bunten, ausschweifenden Erzählungen, die im Olymp und auf Erden über ihn die Runde machten und in denen seine gewagten Eskapaden beschrieben wurden, die jedem anderen Liebhaber dessen unterlegene Fantasie und Männlichkeit vor Augen führten.

Warum, sagte er sich, wozu soll ich die jungen Schönheiten befriedigen, da es mich bereits befriedigt, wenn sie sich mir öffnen. Und so beließ es Zeus bei seinen erstaunlichen Verwandlungen und achtete nur darauf, dass die Berichte über seine Eroberungen nicht nachließen und er weiterhin als der begehrteste und gefürchtetste Liebhaber galt.

Hera aber hörte seither den besten Freundinnen freundlich und lächelnd zu, wenn diese ihr von Zeus' Affären erzählten. Sie nickte gelegentlich und sagte gelassen: »Ja, so ist mein Zeus.«

Und manchmal fragte sie scheinbar interessiert nach: »Tatsächlich, liebe Freundin, das war wirklich so?«

Und die Götter und Göttinnen erstaunte ihre Gelassenheit und ihre Duldsamkeit, und allüberall rühmte man sie als große Dulderin und Muster weiblicher Sanftmut. Die Ehe von Zeus und Hera galt schließlich als vollkommen, unvergleichlich und beispielhaft, und die olympischen Götter setzten, um dieses Paar zu ehren, ihr Bild unter die Sterne.

Die Weiber von Xanthos

Der Held Bellerophon hatte die Drachenfrau Chimaira getötet, den geflügelten Pegasos gezähmt und die Piraten aus der Xanthischen Ebene vertrieben. Doch der König von Lykien, für den er diese Arbeiten geleistet hatte, dankte sie ihm schlecht und wollte ihn ermorden lassen. Daraufhin bat Bellerophon seinen Vater Poseidon um Beistand. Poseidon, der Gott der Meere und der Bruder des Zeus, der in einem kristallenen Palast in der Tiefe der Ozeane wohnt, empörte der Undank des Königs und der Mordanschlag auf seinen Sohn. Zornbebend stampfte er über den Meeresboden, so dass sich dieser hob und senkte und die Wasser sich meterhoch aufbäumten.

Bellerophon zog, in seinem Rücken die turmhohen Wellen des erregten Meeres, durch die lykische Ebene, um König Iobates, seine Stadt Xanthos und die Lykier zu ertränken. Die Heere der Lykier und alle Männer der Stadt flohen entsetzt und kampflos vor der herannahenden donnernden Flut in die Berge, und der lykische König sah verzweifelt seinem sicheren Tod entgegen.

Die xanthischen Frauen jedoch flohen nicht, sie gingen unerschrocken Bellerophon und der unheilvollen Wasserflut entgegen. Ein paar Dutzend Frauen hatten sich zu diesem Schritt entschlossen, berichtet der Chronist, doch andere Chroniken sprechen von mehr als dreihundert Frauen, die so beherzt waren, sich dem jungen Helden und der Flut entgegenzustellen.

Ihr Mut wurde belohnt. Bellerophon erbarmte sich ihrer Bitten, wandte sich um und ging zur Küste zurück. Und die Wellen des Meeres folgten ihm. So retteten diese Frauen die lykischen Städte, ihre Einwohner und ihren König.

In der Chronik Lykiens steht, die Frauen hätten ihr Leben geopfert, um die Heimat zu retten. Eine nach der anderen sei in den Fluten umgekommen, bis selbst der zornige und hartherzige Bellerophon den Anblick der schönen toten Frauenleiber nicht mehr ertragen und dem Meer geboten habe, sich zurückzuziehen.

Bellerophon selbst dagegen berichtet, dreihundert xanthische Frauen hätten ihm für sein Erbarmen ihre Liebe angeboten. Er habe die zehn Schönsten auf dem trockenen Land, umgeben von turmhohen, brausenden Wellen, geschwängert und Lykien die Strafe erlassen.

Die alten Weiber Lykiens, die vor Jahrzehnten mit ihren Geschlechtsgenossinnen vor die Stadt und Bellerophon entgegengezogen waren, bestätigen den einen Bericht wie den anderen. Wenn man sie auf die Unstimmigkeiten und Widersprüche hinweist, schützen sie ihr hohes Alter vor und behaupten, sich jener lange zurückliegenden Begebenheit nicht mehr entsinnen zu können.

In Wahrheit war keine von ihnen ertrunken oder umgekommen, und keine von ihnen wurde von Bellerophon geschwängert. Alle, die vor die Stadt gezogen waren, es waren einhundertzweiundzwanzig Frauen, saßen am Abend gesund und wohlbehalten in ihren Häusern und erzählten den Ehemännern, sie hätten den schönen jungen Mann, den ihr König Iobates so sehr erzürnt hatte, dass er ganz Lykien auslöschen wollte, überreden können, den unschuldigen Kindern und Frauen zuliebe von seinem mörderischen Vorhaben zu lassen.

In den Spinnstuben der Weiber erinnern sich die alten Frauen gern an jenen fernen Tag, an dem sie den schönen Bellerophon vertrieben und Stadt und Land und ihre furchtsamen Männer gerettet hatten. Sie waren der Flut entgegengezogen, obwohl keine von ihnen wusste, was zu tun war, um den wütenden Bellerophon zu besänftigen. Wenige Kilometer vor der Stadt trafen sie aufeinander, die Weiber von Xanthos und der junge Held, umbraust von einer brodelnden Springflut, die ihn turmhoch überragte. Vor dem stürmenden Wasser stehend und von Gischt und Schaum besprüht sei Bellerophon ihnen göttergleich schön erschienen.

Für einen Moment waren alle, die Frauen und

der Held, stehengeblieben, dann jedoch sei Bellerophon mit finsterer Miene und gezücktem Schwert weiter gegangen, direkt auf sie zu. Sie standen verwirrt und wussten nicht, was zu tun sei. Viele von ihnen schrien entsetzt auf, als der Held und das Wasser auf sie zukamen, einige wollten kopflos in die bedrohte Stadt flüchten. Da rief eine von ihnen, es war die rothaarige Menippe, die nun zahnlos am Ofen hockt, den Frauen zu: »Vorwärts. Zeigen wir ihm, wer wir sind.«

Mit diesen Worten schritt sie voran, Bellerophon und der Flut entgegen, wobei sie ihre Röcke hochnahm und sie über der Hüfte verknotete. Alle anderen Frauen folgten ihrem Beispiel, und einhundertzweiundzwanzig Frauen eilten mit entblößtem, splitternacktem Unterkörper auf den jungen Helden zu. Dieser blieb verwirrt stehen, um dann umzukehren und mit den Wasserwogen zu verschwinden.

»Er ist nicht einfach umgekehrt«, krächzte die alte Menippe und lachte gellend, »das dürft ihr nicht glauben. Er ist Hals über Kopf vor uns geflohen. Als ob der Teufel hinter ihm wäre.«

Und dann kicherten die alten Weiber, und sie pressten ihre Hände fest gegen den Schoß. Die jungen Frauen, die ihnen zugehört hatten, schütteten sich aus vor Lachen und schauten wehmütig auf die in ihren Erinnerungen schwelgenden Weiber. Sie hofften, dass auch sie einmal so glücklich werden wie die Alten und dass ein junger schöner Bellerophon kommt und sie gegen ihn ziehen können, und sie streichelten sehnsuchtsvoll ihre Brüste und ihre Scham.

Eine Verbesserung der Sitten

Aigeus vertrieb den ungastlichen und geizigen Metion aus Attika und gilt seitdem und bis zum heutigen Tag als Schutzpatron der Reisenden und Wanderer. Auf den weltweiten Touristikmessen versäumt man nicht, sich seiner dankend zu erinnern, hatte er doch mit weisen Gesetzen und drakonischen Strafmaßnahmen dafür gesorgt, dass die Reisenden seit seiner Regentschaft ungefährdeter durch die Welt ziehen und zuweilen gesund und ohne beraubt worden zu sein in die Heimat zurückkehren können.

Vor Aigeus' Zeit dagegen, unter der Herrschaft von Metion, lauerten die Einheimischen in den Wochen der Sühneopfer den Wanderern auf. Um ihren Verwandten und Freunden zu ersparen, für den fälligen Blutzoll ihr Leben zu lassen, wurden die Reisenden ergriffen und auf dem Altar der Götter geschlachtet.

Der Gastwirt Polypemon, der in dem attischen Eleusis eine Herberge führte, war es leid, die Betten den nörgelnden Gästen anzupassen, und entschied, dass in seinem Haus die Quartiersuchenden den Betten zu entsprechen haben. Er kürzte oder verlängerte seitdem nicht mehr die Bettgestelle. Im hellenischen Verband der Herbergsväter bekam Polypemon den anerkennenden Beinamen der Ausstrecker (griechisch: Prokrustes). Die Chronisten seiner Zeit merkten an, dass nicht alle seiner Gäste das Kürzen oder Strecken der Glieder überlebten.

Die ionischen Weinbauern gaukelten in jener Zeit den Besuchern Gastfreundschaft vor, zwangen jedoch jene Einfältigen, die ihren Versprechungen glaubten, die Ernte für sie einzubringen. Sie peitschten die erschöpften Gäste, wenn diese ermattet zu Boden sanken, und pflegten den alten ionischen Brauch, sie nach vollbrachtem Tagewerk am Abend zu köpfen. Dabei, vermerkten die Chronisten, sangen sie fröhlich vor sich hin.

Seit diesen barbarischen Zeiten hat sich für die Reisenden einiges verbessert.

Die Geburt der Demokratie

Nachdem Theseus seinen Vater Aigeus begraben und die Macht in Athen übernommen und gefestigt hatte, bemühte er sich, den zerstrittenen attischen Bund zu einigen. Nach Jahrzehnten der Stagnation und der Herrschaft alter Männer wurde der jugendliche König mit weit gesteckten Hoffnungen von der Bevölkerung begrüßt, und seine Ankündigung großer Reformen begeisterte Attika.

Theseus gelang es in mühseligen Verhandlungen mit jedem der mächtigen Clans des attischen Bundes, eine von allen respektierte zentrale Regierung durchzusetzen und eine Bundesverwaltung. Er erreichte, dass Athen die von allen anerkannte Hauptstadt wurde, und befriedete das Land durch ein Regierungssystem, das jeder Bundesgemeinde gleiche Rechte zubilligte.

Er schrieb die Bürgerrechte in Gesetzesbüchern fest, setzte einen unabhängigen Gerichtshof ein, ließ als erster Staatsmann Münzen prägen und erweiterte die Athenischen Wettkämpfe zu den Panathenischen und Isthmischen Spielen, die alle vier Jahre stattfanden. Zum nationalen Fest wurde der »Tag der Vereinigung«, wo man dem Frieden ein unblutiges Opfer brachte.

Theseus schickte Herolde in alle Länder des mittelländischen Meeres, um seine Botschaft zu verkünden: Kommt alle, ihr ehrenwerten Fremdlinge, kommt zu uns und werdet Bürger Attikas. Er führte eine Demokratie ein, in der alle Regierungsgeschäfte von gewählten Bürgern übernommen wurden, während er selbst nur noch Heerführer und Wächter der Gesetze war. Als Führer des Volkes legte er die Königswürde ab und sah sich fortan als erster Diener des Staates.

Gestürzt wurde er von Menestheus, einem Mitglied des mächtigsten Clans, der ihn mit Hilfe eines anderen Clanfürsten, Lykomedes, tötete. Menestheus wagte es zwar nicht, die Verfassung Attikas anzutasten, doch ließ er sich selbst nicht mehr als erster Diener anreden, sondern als Premierminister. Die führenden Männer des Staates wurden auch weiterhin in demokratischen Wahlen bestimmt, allerdings waren es stets Söhne aus reichen und mächtigen Familien, da nur sie die beste Ausbildung genossen hatten und die nötigen Gelder besaßen, um den Wahlkampf zu bestreiten, so dass Attika sich in eine dynastische Demokratie verwandelte. Nach dem Tod von Menestheus folgte ihm sein Sohn als Führer des Volkes, und er beanspruchte bereits den Titel Servus Servorum Populi für sich.

Der Staat blieb weiterhin eine Demokratie, es häuften sich nun jedoch Sonderregeln und Ausnahmegesetze, mit denen die Bürgerrechte den Untertanen nach ihrem Vermögen zugeteilt oder über Nacht beseitigt wurden. Die Volksführer und Demagogen erklärten, dass diese Einschränkungen unumgänglich seien, um die Demokratie gegen die Feinde der Demokratie wehrhaft zu verteidigen und zu retten. Die Freiheit sei es, die die Freiheit bedrohe, sagten sie dem Volk, und wer seine Rechte einklage, zerstöre das Recht.

Unter jedem der nachfolgenden Premiers gab es so gravierende Veränderungen, dass die Demagogen mehr gefürchtet als geachtet waren. Sie liebten es, sich selbst Denkmale aufstellen zu lassen und Brücken und Plätzen sowie öffentlichen Gebäuden und sogar Städten ihren Namen zu geben. Sie pflegten in prächtigen Karossen durch die Städte zu fahren und sich bewundern und verehren zu lassen. Es gab Demagogen, die in Wagen aus Silber oder purem Gold reisten, andere hatten gläserne Wagen, diamantengeschmückt, damit alle Bürger Attikas sie sehen konnten und zu vergöttern hatten.

Berühmt wie einschüchternd waren die Reisen des Salmoneus. Er sah in sich den wiedergeborenen Zeus und fuhr in einem von vier Pferden gezogenen Wagen durch die Städte, wobei er Bronzekessel, die mit getrockneten Tierhäuten bespannt waren, hinter seinem Wagen herziehen ließ, um den olympischen Donner zu imitieren. Während der Fahrt liebte er es, brennende Fackeln in die Luft zu werfen, die dem Volk als Blitze des allgewaltigen Zeus zu gelten hatten und vor denen alle Bürger flüchteten, da sie viele Passanten verletzten.

Apollodorus, der legendäre, dunkle Chronist, schrieb in seiner *Bibliotheke des Apollodor*, Zeus habe Salmoneus für diesen Frevel mit einem Blitz erschlagen und ganz Attika zerstört, doch andere Autoren widersprachen ihm und vermeldeten, die attische Demokratie lebe noch immer und gedeihe als ein leuchtendes Beispiel, dem man auf dem ganzen Erdball nacheifert.

Die Bibliotheke des Apollodor

Apollodoros beendete das vierte und letzte Buch seiner lang erwarteten *Bibliotheke* am zweiten Tag des Monats Mounikhion, kurz vor der Vollendung seines zweiundsechzigsten Geburtstags.

In den griechischen Ländern wurde Apollodoros geschätzt und verehrt für seine *Chronika* und für sein gewaltiges, vierundzwanzigbändiges Werk *Über die Götter*. Seiner letzten Arbeit, der *Bibliotheke*, die den Abschluss seines gesamten Schaffens bilden sollte, lief in der gelehrten Welt der Ruf voraus, es werde eine für alle Zeiten gültige Festschreibung der griechischen Welt sein. Freunde des Apollodoros, mit denen er gelegentlich strittige Themen des entstehenden Werkes diskutierte, sprachen von dem Werk, als hätten die Götter selbst dem Gelehrten die Feder geführt.

Mehr als zwölf Jahre hatte er an dem Manuskript gesessen, länger als an der *Chronika*, seiner Weltgeschichte, die in der hellenistischen Welt längst als ein Standardwerk galt. An dem Tag, an dem er das letzte Wort dieser Arbeit auf das Pergament schrieb, fühlte er sich erschöpft und glückselig, er war freudig erregt und wie trunken.

Sechs Tage später erzählte er Diodoros und den

anderen Freunden, seinen Geburtstagsgästen, die Arbeit sei beendet, er werde in den kommenden Wochen mit den Manuskripten in seinem Landhaus das ganze Werk noch einmal sorgsam durchgehen, damit nicht eine übersehene winzige Ungenauigkeit den Eindruck des Ganzen schmälere und ihn beschämen könne. Er wolle dem Areopag – der Oberste Rat hatte darum ersucht, dass sein letztes Werk von der höchsten Körperschaft selbst vervielfältigt und veröffentlicht werde, und Apollodoros hatte dieser ungewöhnlichen Ehrung nach einigem Zögern zugestimmt –, ihm wolle er ein makelloses Manuskript vorlegen. Dies sei er den Männern des Rats wie sich selbst schuldig. Die Freunde feierten ihn an diesem Tag, und Apollodoros, in dem Wissen um das Geleistete, ließ sich feiern.

In den folgenden Wochen sah er sorgfältig die Manuskripte durch und prüfte sie Zeile für Zeile. Schließlich war er mit seiner Arbeit zufrieden und sagte dem Wagenlenker, er möge alles für den kommenden Morgen bereiten, denn er wolle nach Athen zurück und direkt zum Areopag gefahren werden.

In der Nacht schreckte er hoch. Ihm schien, dass im dritten Buch eine missglückte Zeile stehe, die er vor der Abreise zu korrigieren habe. Bei Sonnenaufgang stand er auf, griff noch im Bett nach dem Manuskript, blätterte es hastig durch und fand tatsächlich diese eine Zeile, die ihm die Nachtruhe geraubt hatte. In dem Kapitel über den lelegischen König von Megara hatte er geschrieben, dass dieser König Pylas oder Pylos oder Pylon hieß.

Diese Bemerkung entsprach vollkommen der geschichtlichen Wahrheit, und jeder Historiker, der sich mit den Lelegern befasst hatte, wusste, dass dieses Volk, welches in Kleinasien lebte und nicht Griechisch sprach, ihren König Pylas oder Pylos oder Pylon nannte.

Apollodoros fürchtete, die Männer des Areopags, die gebildet, aber keine Historiker waren, und die Mehrzahl seiner Leser, die wenig von diesem Volk der Leleger wussten, würden bei dieser Zeile stutzen, da sie möglicherweise glauben könnten, er, Apollodoros, wisse nicht genau, wie dieser König heiße. Diese Zeile musste er ausbessern, bevor er sein Opus dem hochehrwürdigen Rat übergebe, er hatte eine Bemerkung einzufügen, wonach die Leleger die für Griechen überaus merkwürdige Gewohnheit besaßen, ihren König sehr ungenau zu benennen, nämlich jeweils und immer mit drei und zudem sehr ähnlich klingenden Namen.

Apollodoros gab der Küche Bescheid, man möge sein Frühstück bringen und dem Wagenlenker mitteilen, die Abfahrt werde sich um eine Stunde verzögern. Die Ausbesserung, meinte er, wäre zwar rasch getan, aber er wollte den ganzen Bogen neu schreiben, um den Gesamteindruck nicht mit Ausbesserungen oder Radierungen zu zerstören, und daher hatte er die Abreise um eine ganze Stunde verschoben.

Die Korrektur erwies sich schwieriger als erwartet. Er konnte leicht klären, dass der Autor der *Bibliotheke* den richtigen Namen des lelegischen Königs durchaus wisse und dass es eben eine Besonderheit der Leleger sei, einem Herrscher drei gleichermaßen gültige Namen zu geben, aber jedem Versuch einer Richtigstellung fehlte Eleganz und Stil. Die notwendige Aufklärung zerstörte den Text. Was immer er schrieb, wie immer er den historisch genauen Umstand mitzuteilen suchte, es wirkte unbeholfen, es war nicht ihm gemäß und vernichtete die eloquente Geschlossenheit und präzise Grazie der *Bibliotheke*. All seine Versuche, die missverständliche Zeile zu berichtigen, waren unbefriedigend. Der Text wurde hölzern und taub. Ihm ekelte vor den Worten, und es schien ihm, als hätte ein Schulbub sich an seinem Werk zu schaffen gemacht, ein Analphabet und Agrammatist.

Nach einigen Stunden vergeblicher Arbeit gab er Bescheid, dass er im Landhaus ein Mittagessen zu sich nehmen werde. Am Nachmittag hieß er den Wagenlenker allein nach Athen zu fahren und der Ehefrau und den beiden erwachsenen Söhnen mitzuteilen, er habe noch zu tun und werde vorerst auf dem Landsitz bleiben, nur für ein paar Tage.

Zwei Monate später beendete er ergebnislos die

Arbeit an der misslichen Zeile. Er ließ Pferde und Wagen kommen und fuhr nach Athen zurück, jedoch nicht zum Areopag und nicht zu seiner Wohnung und seiner Familie, er sagte dem Wagenlenker, er möge ihn zum Haus von Diodoros bringen.

Diodoros war beglückt, den verehrten Freund in seinem Haus begrüßen zu können, doch als er sah, dass der geschätzte und verehrte Kollege die Manuskripte seiner *Bibliotheke* ihm brachte, schreckte er zusammen und fragte alles fürchtend: »Du bringst das Manuskript deiner *Bibliotheke* zu mir? Schätzt du mich höher als den Areopag, dass du mit dieser Kostbarkeit in mein Haus kommst? Das würde mich verwirren. Oder ist die Ankunft dieses Bündels göttlichen Wissens bei deinem armen und unwürdigen Freund ein schlechtes Omen?«

Apollodoros lächelte und noch immer lächelnd erwiderte er: »Es ist mir misslungen, Diodoros. Ich bin gescheitert.«

Er hob die mitgeführten Buchrollen in die Höhe, ließ sie dann auf die Steine der Vorhalle fallen und fügte hinzu: »Das hier, das ist Kehricht. Tauglich, ein Feuer anzuzünden. Ein Feuer, um dem Narren Apollodoros ein Licht aufzustecken.«

»Gescheitert?«, fragte Diodoros, »wann bis du je gescheitert? Deine Fehler, falls es sie gibt, würden jedem anderen zum Ruhme gereichen. Wer in Athen, in ganz Hellas wäre nicht glücklich, die

Manuskriptseiten, die du verworfen hast, in sein eigenes Werk aufzunehmen?«

»Freund, bitte, kein Mitleid. Für mich klingen deine freundlichen Worte wie Hohn und Spott. Ich weiß, ich bin gescheitert. Was ich wollte, ich habe es nicht erreicht. Eine einzige unglückliche Zeile zerstört das Ganze.«

Diodoros versuchte nicht, ihn zu trösten, und er versuchte auch nicht, ihn zu überreden, dieser einen Zeile keine Bedeutung beizumessen, denn er wusste, dass für einen Apollodoros jedes Wort das Gewicht der Welt hat. Aber er war mit dem Scheitern vertraut und ermunterte daher den Freund, nicht zu verzweifeln, sondern mit dem Mut eines unerschreckbaren Titanen die Aufgabe erneut anzugehen.

Apollodoros, der auf einem der Sessel unter dem Sonnendach Platz genommen hatte, mischte sorgsam den Wein mit dem Quellwasser, trank einen Schluck und sprach dann von seinem hohen Alter.

»Es ist zu spät. Mir sind nicht mehr so viele Jahre gegeben, dass ich eine solche Arbeit nochmals beginnen darf. Ich werde noch die eine und andere Zeile verfassen, einen Artikel hier und da, aber für eine große Arbeit, für ein Lebenswerk wie die erhoffte *Bibliotheke* gewähren die Götter mir nicht mehr die Zeit. Das ist vorbei. Und nun muss ich dich um Hilfe bitten, denn ich bin ein gebrechlicher, schwacher Mensch. Ich habe versucht, dieses untaugliche Manuskript zu verbrennen, denn es gehört in die Flammen, so misslungen wie es ist. Doch ich bin mutlos und feige, ich konnte es nicht, ich kann es nicht. Ich bitte dich um deine Hilfe, Freund. Ich möchte dieses unselige Bündel bei dir hinterlegen, und du musst mir versprechen, nach meinem Tod und in derselben Stunde, in der mein Leichnam den Flammen übergeben wird, das Manuskript zu verbrennen. Tröste meine Seele und leiste mir diesen Freundesdienst.«

Diodoros erschrak bei diesen Worten und schwieg lange, und Apollodoros wartete geduldig auf seine Antwort.

»Nein«, sagte Diodoros schließlich, »das ist unmöglich. Was du nicht vermagst, wie soll ich das schaffen? Wenn ich nur einen Blick in dein Manuskript werfe, so werde ich gefesselt sein von der Macht deiner Sprache. Ein Manuskript von dir zu vernichten, das ist, als würde ich die Welt auslöschen. Nein, Freund, nein, mache mich nicht zu einem zweiten Herostratos. In der Welt wäre ich für alle Zeiten ein abscheulicher Verbrecher, wenn ich nur den schmalen Streifen eines Pergaments von dir vernichten würde.«

»Es ist nicht mein Manuskript. Dieser Text, das bin nicht ich.«

Diodoros lächelte: »Ich weiß, Freund, ich erinnere mich. Die Lehren unserer Rhetorschule, nicht wahr. Die Sprache hat wie ein eng anliegendes

Kleid den Körper abzubilden, der Text ist der Autor, er selbst muss im Stil aufzufinden sein, was ich schreibe, das bin ich. Ja, das haben wir alle fleißig gelernt.«

»Und es ist die Wahrheit. So habe ich lebenslang gearbeitet, und darum müssen diese Rollen vernichtet werden. Das hier, diese Pergamente, das bin ich nicht.«

»Vielleicht. Doch was du von mir verlangst, das ist unmöglich. Das kann ich nicht.«

Apollodoros erwiderte nichts. Er begriff, dass sein Wunsch den Freund überforderte, da er selbst unfähig war, die Buchrollen zu verbrennen.

»Doch sei nicht voreilig, Apollodoros«, fuhr Diodoros fort, »und bedenke: Solltest du recht haben, was ich nicht zu entscheiden vermag, solltest du mit diesem Werk tatsächlich nicht identisch sein, so ist eine Gleichung gestört. Zwei Wesen, zwei Dinge, so sagst du, sind nicht symmetrisch, sind sich nicht gleich, da das eine, dein Manuskript, nicht dem anderen entspricht, nämlich dir. Doch wenn du den einen Teil nicht zu ändern vermagst, diese, wie du sagst, unselige Zeile, dann ändere den anderen Teil, um die Gleichheit herzustellen. Ändere dich nach der Maßgabe deines Manuskriptes, so ist beides wieder im Lot und du bist in deinem Werk erkennbar.«

Nach diesen Worten saßen beide Männer fast eine Stunde beieinander, ohne etwas zu sagen. Sie tranken Wein, aßen von dem bereitgestellten Brot und schwiegen. Dann stand Apollodoros auf, umarmte den Freund und sagte: »Ich danke dir. Ich sehe einen Weg, und ich will versuchen, ihn zu gehen.«

Er nahm die auf den Steinen liegenden Buchrollen auf, klopfte sorgsam und fast zärtlich den Staub von den Pergamenten und ließ sich zu seinem Haus fahren. Der Familie sagte er, dass die Arbeit noch nicht beendet wäre, und auch den Areopag bat er, sich zu gedulden, er sei noch immer mit dem Manuskript der *Bibliotheke* beschäftigt.

Vier Jahre später starb Apollodoros. Er starb allein und einsam, denn die Frau hatte ihn im Zorn verlassen und war zu einer Schwiegertochter gezogen, um die Enkel zu erziehen. Auch die beiden Söhne hatten ihm den Rücken gekehrt. Beide waren vor dem Hohen Rat des Areopags erschienen, um die Entmündigung ihres Vaters zu verlangen, da dieser die längst fertiggestellten Buchrollen nicht veröffentlichen wolle und somit mutwillig die Familie wirtschaftlich ruiniere. Die Männer des Rats waren zwar gleichfalls empört über Apollodoros, der sich weigerte, ihnen das Werk zu übergeben, doch wollten sie den verdienstvollen und hochangesehenen alten Mann nicht derart ächten und bloßstellen. So beschieden sie die Söhne mit einem Non Liquet, um in der Sache nicht entscheiden zu müssen.

Apollodoros aber war dem Rat des Freundes gefolgt und hatte für alles sorgsam gesorgt.

Ein Jahr nach seinem Tod kamen die Abschriften der vier Bände seiner *Bibliotheke* mit der unveränderten Zeile über die drei Namen der lelegischen Königsstadt in die Welt und erstaunten und entzückten einen jeden, der sie las. Und als man nach dem Autor forschte, um diesen gebührend zu rühmen und ihm die Auszeichnung des Areopags und den ihm zustehenden Lohn zu übergeben, stieß man auf einen dreifachen Apollodoros. Drei Männer, so zeigte es sich, hatten in Hellas unter diesem Namen gelebt, und jeder von ihnen konnte der Autor der *Bibliotheke* sein, und es war nicht ersichtlich und entscheidbar, welcher der drei Apollodorose der wahre Verfasser des makellosen Werkes war.

Das erste Buch Homers

Nachdem Odysseus von langer Irrfahrt nach Ithaka heimgekehrt war, die Freier getötet und seine Herrschaft wieder hergestellt hatte, lud er die Kombattanten des trojanischen Krieges in sein Königreich, um die toten Helden zu ehren, den Sieg zu feiern und die glückliche Heimkehr. Die Staaten der Achaier und ihre Fürsten waren nach dem Ende des trojanischen Krieges reich und wohlhabend geworden, der Handel war aufgeblüht, und eine goldene Zeit hatte für sie begonnen.

Jeder Heerführer, der den Krieg und die beschwerliche Rückfahrt überlebt hatte, erschien an seinem Hof, sie gedachten des ermordeten Agamemnon, ihres Obersten Heerführers, und aller toten Kameraden, sie dankten den Göttern und feierten sieben Tage lang mit dem gerösteten Fleisch der Kühe und Lämmer, mit den Früchten Ithakas und mit kretischem Wein ihren Sieg, ihr Überleben und das Wiedersehen.

Odysseus hatte auch den fahrenden Sänger Homer zu sich gerufen. Während des Festmahls hatte der blinde Sänger, der mit einem jungen Mann den Saal betrat, auf den er sich stützte und der die Schriftrollen seiner Lieder mit sich führte, die

Gäste mit seinem Gesang zu unterhalten. Er, der berühmteste aller fahrenden Sänger, hatte vor Beginn des Feldzugs vom Obersten Heerführer den Auftrag erhalten, von dem Krieg und der Schiffsreise Kunde zu geben, und nun, zwölf Jahre nach dem Ende des Krieges und zwei Jahre nach der Heimkehr des Odysseus, sollte er die Helden von Troja mit seinen Gesängen ehren.

Homer stand in der Mitte des Saals mit seiner Schildkröten-Lyra und sang. Die alt gewordenen Kämpfer schmausten, tranken und lauschten seinen Worten. Wenn Namen fielen, horchten alle auf, und wenn der Sänger ihren eigenen Namen nannte, hörten die Besungenen verzückt dem Ruhmgesang zu. Manchmal erhob sich einer vor Vergnügen, schlug sich auf die Brust und stieß einen Jubelschrei aus. Einige der ergrauten Haudegen rührten der Gesang und die Lobeshymnen derart, dass ihr Auge nass wurde, sie zu dem blinden Sänger gingen, ihn umarmten und küssten.

Homer erzählte von der Reise der Achaier nach Ilion, er verwandte den alten, den ursprünglichen Namen von Troja, von den Kämpfen um die Stadt und von der zehnjährigen Irrfahrt Odysseus'. Er beschrieb die Schönheit von Ilion, der reichen Stadt am Eingang des Schwarzen Meeres, die durch ihre Lage am Hellespont den gesamten Schwarzmeerhandel beherrscht hatte und dadurch reich geworden war, unendlich reich.

Sechs Tage hörten die Krieger Homer zu, und als er mit den beiden großen Gesängen am Ende angelangt war, lobten und rühmten sie ihn lautstark und sagten, er habe mehr verdient als nur sein Honorar, und versprachen ihm reiche Geschenke zum Abschied.

Da stand Odysseus auf und bat um Ruhe. Er, von dem mehr als alle anderen die Gesänge Homers erzählten, war unzufrieden.

»Hör zu, Homer«, begann er vor den versammelten Männern, seinen Gästen, »womit Agamemnon dich beauftragte und was ich statt seiner von dir einzufordern habe, das habe ich noch nicht vernommen. Es sind schöne Lieder, nette Gesänge, kunstfertig und edel, ganz gewiss, aber du verfälschst die Wahrheit. Wir sind nicht nach Troja gezogen, weil es eine reiche Stadt war. Wir fuhren nicht in diesen Krieg, um den Schwarzmeerhandel in unsere Hand zu bekommen. Es ging nicht um Landnahme, nicht um Gold und Silber, um Eisen und Zinnober. Wir sind nicht der Fische wegen und nicht wegen Schiffsholz, Leinen, Öl und chinesischer Jade in diesen Kampf gegangen, wie man vermuten muss, wenn man deinem Gesang zuhört. Nein, Homer, es ging um die Ehre der Achaier, um die verletzte Gastfreundschaft, um den Raub der schönen Helena. Allein deswegen zogen wir in den Krieg und kämpften zehn lange Jahre. Um der Ehre willen, Homer, nicht wegen der Reichtümer.

Dass uns diese zugefallen sind, nun, das ergab sich und ist nicht erwähnenswert. Dass wir heute entlang der östlichen Handelsroute unsere Kolonien errichtet haben, dass wir so reich wurden wie vormals die Fürsten auf Sizilien und in Kleinasien, das passierte zufällig, lief nebenher, ist üblich für die siegende Macht und muss in einem Heldengesang nicht erwähnt werden. Wir sind keine Händler und Kaufleute, keine raffgierigen Eroberer, blinder Mann. Die wahren Dichter, die großen Sänger, Homer, lass es dir gesagt sein, sprechen nicht über Geld, reden nicht von Handel und Geschäften, singen nicht über so niedrige Dinge, nein. Und wir Achaier haben allein für die Ehre gekämpft. Wir hatten unseren Freund Menelaos zu rächen, das war der einzige Grund für den trojanischen Krieg. Und das hast du zu beschreiben. Für uns und für alle Zeiten.«

»Ich berichtete, was ich gehört habe«, erwiderte Homer trotzig, »ich schrieb, was ich sah.«

»Du bist blind, Homer«, unterbrach Odysseus ihn, »du siehst nicht die Dinge, wie sie wirklich sind, und benennst allein, was bedeutungslos ist und unwichtig. Du sollst besingen, was ich hören will. Schreib, was ich dir sage.«

Der König von Ithaka nahm die Rollen des Homer dem jungen Mann, der den Sänger führte, aus der Hand und warf sie auf die Holzscheite.

»Hörst du das Flackern der Flammen, Homer?

Das ist dein misslungener Gesang. Oder vielmehr, das war er. Du wirst bei mir bleiben, bis du den Auftrag erfüllt hast. Du wirst mein Gast sein, ein Jahr, zwei Jahre, zehn Jahre, so lange, bis du den wirklichen Gesang gedichtet hast. Einen Gesang, der eines Homer würdig ist und der unseren Ruhm in aller Welt und für alle Ewigkeit festigt.«

Der Blinde lauschte dem Feuer, das seine Schriftrollen verzehrte. Nur ein leiser Seufzer, kaum vernehmbar, war von ihm zu hören, als ein Diener des Königs ihn und seinen Führer in das Gebäude brachte, in dem er wohnen sollte, bis er das neue, das erwünschte Lied geschaffen hatte.

Jahre später lud Odysseus die Helden von Troja wiederum zu einem Gastmahl, und Homer trug ihnen die vierundzwanzig neuen Gesänge vor. Sein Lied klang anders, blutiger, trauriger, verzweifelter. Als er endete, gab es nur mageren Beifall und keine Glückwünsche für den Sänger. Die Helden waren enttäuscht von dem Gesang, denn ihre Taten hatte Homer zwar aufgezählt, aber sie wurden von ihm wenig gefeiert und gerühmt. Alle schauten unzufrieden auf Odysseus und warteten auf sein Urteil.

»Was ist eure Meinung, meine verehrten Freunde?«, fragte dieser seine Gäste, »war das ein Gesang für die Nachwelt? Ein Gesang, wie wir ihn zu hören erhofften?«

Zögernd erhob sich einer der Fürsten und sagte, der neue Gesang beschreibe nicht die zehn Jahre des Krieges, sondern allein das letzte Jahr, in dem die Achaier sich wenig um Troja kümmerten, sondern untereinander in Fehde lagen, und in dem Achill, Agamemnon, Ajax und die anderen Krieger miteinander stritten. Ein anderer meinte, in dem neuen Gesang werden die Götter gradezu gotteslästerlich dargestellt, und ein dritter Teilnehmer des Gastmahls verwies darauf, dass die Achaier im neuen Werk von Homer als brutale und gefühllose Kampfmaschinen erscheinen, die für das Schwert leben und Liebe, Freundschaft, Treue und friedvolle Künste verachten. Die Feinde dagegen, die Troer, würden als edel, mitfühlend und barmherzig dargestellt. Der blinde Sänger habe nicht den heldenhaften Kampf der Hellenen beschrieben, vielmehr singe er ein Loblied der Feinde.

Homer stand inmitten des Raums, im Viereck der Tische, und lauschte den anklagenden Stimmen. In den Jahren, die er in einem der Gebäude des Palastes von Odysseus auf dem Berg Aetos zu verbringen hatte, war er merklich gealtert, doch er war dessen zufrieden. Er hatte mit der Welt, mit seiner Arbeit, mit sich selbst abgeschlossen und erwartete nichts mehr.

»Freunde«, rief schließlich Odysseus lachend, »wir wollen Homer danken, dem Liebling der Götter und dem ersten Sänger von Hellas. Sein Gesang ist wundervoll. Ich bin, wie Ihr wisst, kein Kenner der Dichtkunst, kein Schöngeist, aber ich verachte sie auch nicht, wie unser verehrter Homer zu glauben scheint. Und sein neuer Gesang ist, nach meiner unmaßgeblichen Meinung, ein Meisterwerk. Es stecken ein paar Frechheiten in seinem Bericht, unverschämte Beschimpfungen unserer siegreichen Helden, das habe ich bemerkt. Er löckt noch immer wider den Stachel, unser guter Homer, aber so sind sie, die Künstler. Sie wollen immer nur die Wahrheit und bedenken zu wenig, was uns und unserer großen gemeinsamen Sache von Nutzen ist. Wie kleine Kinder haben sie es nicht gelernt, die Dinge hinzunehmen, wie sie nun einmal sind. Gewiss, er hat nur das vermaledeite zehnte Jahr besungen, in dem wir einigen Ärger in den eigenen Reihen hatten. Auch mir fehlen die heroischen neun Jahre zuvor, was den Gesang schmälert und bedauerlich ist, unwürdig für unseren großen Dichter, aber das werden uns andere, dienstbeflissenere Sänger liefern. Richtig ist ebenfalls, er behandelt die Götter nicht ehrfürchtig. Doch wir sind nicht die nordischen Barbaren, wir sind nicht die Germanen, die jede Woche ein paar Nachbarn als Teufelsanbeter oder Hexen auf den Scheiterhaufen bringen. Wir sind aufgeklärte, moderne Menschen, wir kreuzigen keinen, nur weil er andere Ideen im Kopf hat. Sollten die Götter unzufrieden sein mit dem göttlichen Gesang unseres verehrten Homer, sollen sie ihn selbst strafen. Richtig ist auch, wir, die Achaier, werden als Raufbolde und Totschläger hingestellt, die besiegten Troer dagegen als edle Feingeister. Aber wen von uns stört das? Die Troer mit ihrer tugendhaften Lebensart und den feinen Manieren haben alles verloren und ihr Troja wurde dem Erdboden gleichgemacht, wir dagegen haben gesiegt, haben uns als Männer erwiesen, als Männer mit Stierhoden. Das hat er sehr fein und sehr gut beschrieben. Vor allem aber, er hat begriffen, dass wir nur wegen der Ehre in den Krieg gezogen sind, allein wegen der gekränkten Ehre und keine anderen Absichten hatten. Also, ich bin zufrieden. Ich denke, wir sollten ihm das vereinbarte Honorar auszahlen, und wer will, kann ihm noch ein Geschenk dazulegen.«

Zurückhaltend stimmte man Odysseus zu und entließ Homer aus der Tafelgesellschaft. Sein getreuer Führer brachte den Blinden vom Berg Aetos zum Hafen hinunter, und von ihm geführt fuhr er mit einem Schiff zum Festland, ging in seine Stadt und in sein Haus. Zusammen gruben sie in seinem Gärtchen jene Schriftrollen aus, die er vor der Reise nach Ithaka mit Hilfe des jungen Mannes angefertigt und dort vergraben hatte, eine Abschrift des ursprünglichen Gesangs, und gemeinsam machten sie sich auf den Weg, um diesen Gesang zu verstecken und zu retten.

Überall wurde seither nach dem ersten Buch Homers gesucht, dem ursprünglichen Gesang. Unter den Trümmern von Troja, auf Leuke, in Kleinasien, in Libyen und Thessalien, in allen mittelländischen Ländern wurde gesucht und gegraben, aber bis zum heutigen Tag wurde keine dieser Schriftrollen gefunden. Doch sie sind vorhanden, irgendwo. Sie sind in der Welt.

Inhalt